AF435389

Mireille Felix

Rond Point

Couverture "Maison haute", Denis Felix.

À Pétra et René…

Ça se passe au creux d'une ville. Ce doit être une ville du sud, je veux dire une ville née au sud de la Loire. Je ne connais pas son nom, je sais seulement qu'elle est enlacée de méandre et brodée de collines, qu'il y a des quais, des ponts, et une eau souveraine qui passe, lourde de son limon, parce que le printemps est pluvieux ; les rues s'y nouent en places villageoises, les platanes veillent sur des boulevards bruissants de fontaines, entre de hautes façades d'ocre rouge, et sur le parvis de la cathédrale, il est toujours quelqu'une pour proposer des fleurs. Aujourd'hui, ce sont des brassées de narcisses, de jonquilles et de jacinthes parfumées qui s'offrent au passant.

Clara vit dans cette ville. En cet instant, elle se hâte vers une maison qui n'est pas la sienne, de celles qui séduisent par le privé de leur jardin, cèdres centenaires et rosiers rugueux, leur porche ouvert sur le silence d'une cour. Celle-ci a les deux, le jardin et la cour, l'intime et le public.
C'est une maison qui se traverse de part en part.

Il y en a beaucoup comme ça, qui mêlent la cire et la poussière, indéfinissable parfum que l'on n'oublie jamais parce qu'il dit le temps passé et l'aujourd'hui tout ensemble, mais il en est peu qui soient revêtues de cette lumière, fenêtres hautes et claires, portes longues, chemins de rencontres; elle se laisse visiter, habiter, peupler de musique et d'odeurs boulangères, elle est bleue... bleue de la lumière des cèdres et de ses meubles peints, et puis d'autres meubles que l'âge a lissés comme soie, très beaux ou très ordinaires mais tous vivants de leur usage, des murs blancs ou blonds, des toiles abstraites, des cheminées, des vraies, noires de suie, qui craquent dans l'hiver comme causse trop sec, et des livres dans toutes les pièces, même dans la cuisine, beaux, laids, usés tous : René ne sait pas tenir un livre sans lui donner un air de toujours... Clara sourit. Il y a René.

Elle est passée par le jardin. Elle n'a pas trouvé René mais la porte de la bibliothèque est ouverte, -les portes sont ici des signes-, alors elle est entrée, a soupiré d'aise en retrouvant le chaleureux désordre de cette pièce sans mensonge : vaste, encombrée de livres, des fauteuils profonds, un tapis digne d'un château, fané et splendide des pieds innombrables dont il garde l'empreinte, et puis un piano. Un piano à queue.

Elle s'est appuyée au piano, a pris un livre au hasard, sur la table basse, qu'elle feuillette mollement, perdue dans sa rêverie : le souci du jour pèse, né de quelque souci plus ancien qui demande à être vu. Elle n'a pas entendu René approcher, sursaute quand il pose sur son épaule une main tranquille :

- Il te plaît ?

Elle acquiesce d'un signe de tête, sourit sans vraie joie parce qu'il la trouve belle et le lui dit :

- Quelle importance ?

Il cueille son geste négligent, retient sa main un instant en étudiant le visage clair, lui retire doucement le livre pour le lui rendre à l'endroit, sourit avec malice derrière sa barbe :

- On va arranger ça. Je dois avoir ce qu'il faut dans la cave.

Elle rit vraiment, cette fois, et comme il s'éloigne sans plus attendre, elle se découvre reposée. Elle rit encore, doucement, de ce mot français qu'elle décompose : l'Allemagne de ses origines lui a offert une voix lente où les consonnes chantent comme de l'eau sur les galets, et le plaisir des mots séparés, à la croisée du son et du sens, qu'elle savoure longuement pour mieux les saisir. René en est ravi depuis le jour de leur rencontre. Il lui avouera qu'avant de la voir, il l'a entendue, et que cette musique l'a séduit tout entier, il n'eut alors de cesse qu'il ne la découvrît dans la foule qui se pressait autour de lui, peut-être pour, aujourd'hui, la reposer au bon endroit d'un seul geste tendre.

Quand il revient, elle est lovée dans une bergère, et comme il lui propose de venir dans la cuisine, elle le prie :
- Tu veux bien inviter Bach ?
Il la dévisage, sourit à demi et dit sur le même ton :
- Tu me dis ce qui te fait triste ?
Pour toute réponse, elle lui offre un sourire contrit mais résolu qui le fait rire vraiment, alors il se rend, pose la bouteille qu'il ramenait sur un guéridon, et s'assoit au piano.

Plus tard, ils ont dîné dans la cuisine, comme d'habitude, parce que cet ancien réfectoire blanchi de chaux et voûté comme un ventre est le creuset où se marient les senteurs, les goûts et les partages amicaux. Si la bibliothèque est le lieu de l'intime silence, la lourde table conventuelle accueille chaque jour avec générosité la rumeur de la vie.

Ils ont donc dîné en échangeant leurs présents : René rentre de voyage, Clara est en vacances depuis deux heures, et le printemps passe inaperçu parce que mars est trop gris. Et puis il y a Alain, qu'elle ne connaît pas, son plus que fils, comme il dit, qui doit revenir bientôt des États-Unis. Il désigne une toile nouvelle, devant lui, profonde comme un loch, qu'elle avait remarquée parce qu'elle lui apparaît habitée d'une puissante maîtrise qui lui ressemble. Il rit : Il semble vraiment que ce soit lui, du moins c'est ce que dit Alain. Lui, il trouve ça remarquable.
Elle laisse son regard épouser la peinture :

- Il paraît n'avoir peint qu'une... essence. Il doit bien te connaître.

- Je suppose.

Il attend un peu, poursuit :

- Tu ne me dis pas ce qui te rend triste ?

- Je suis triste ?

Il ne répond pas, il la regarde.

Elle baisse la tête, esquisse une grimace :

- Je n'y échapperai pas ?

Il sourit doucement.

- Je suis seulement fatiguée. J'ai besoin de ces vacances.

Il sourit plus largement, les yeux pétillants de bleu. Elle capitule :

- C'est bien simple, je ne sais plus pourquoi je fais ce métier.

- La médecine ?

- Non, les I.V.G.

Il se tait, il l'observe. La lumière qui se pose sur le visage de Clara souligne l'empreinte ténue des sourires et des peines que la vie a laissée sur sa peau, au bord des yeux, au pli des lèvres, et puis au creux de sa joue, cette trace d'amer là où une très ancienne douleur appuie trop fort. Il se lève, s'approche, touche la douleur d'un geste tendre. Elle n'ajoute rien, elle abandonne son visage à sa paume, un instant, les yeux clos, sourit faiblement parce qu'elle sent une lente caresse sur sa bouche, sur ses paupières, qui gomme sa peine.

Il a retiré sa main, il s'écarte sans hâte, finit par demander :

- Tu avais une raison ?

- Oui...

Elle a chuchoté.

- Réexamine-la. Tu verras si elle est encore bonne.

Elle lui lance un regard inquiet mais il lui tourne le dos, il n'attend rien d'elle, du moins ni une réponse ni une explication, alors elle soupire :

- Il le faudra bien.

Il s'est retourné. C'est lui maintenant qui a un air de mélancolie. Elle fronce les sourcils :

- Je suis peut-être triste, mais toi tu as l'air fatigué.

- Je n'ai plus vingt ans.

- Tu ne m'as jamais dit ton âge.

Il rit doucement, dit avec un peu de nostalgie :

- Je ne vais certainement pas te le dire maintenant, je ne te verrai plus.

Elle le dévisage avec surprise. Il hausse les épaules avec un fatalisme qui le trahit.

- Tu es sérieux ? Tu crois vraiment que c'est important ?

Il hésite, la regarde droit, prononce :

- Quand tu es devant moi, c'est important.

Elle a frémi. Il devine l'élan qu'elle retient à fleur de cœur, l'arrête avec tendresse :

- Tu nous fais un café et tu me rejoins ?

Il est déjà au piano, il délie Bach avec une ferveur légère et sans passion, peut-être parce que cet ordre rassurant le rétablit en lui-même, et quand elle lui apporte le café, elle le voit serein, elle pose une tasse près de lui, sur le guéridon, elle va s'éloigner mais il éteint la musique, il prononce son nom.

Elle s'est arrêtée.

Il fait sonner un dièse, le laisse mourir en soupirant, puis il se redresse et se tourne enfin vers elle, l'attire à lui avec un brin de sourire :
        - Ne dis rien. Écoute-moi.
Il caresse les doigts minces.
        - J'ai soixante-dix ans, tu en as quarante.
Il hésite, laisse retomber sa main.
        - Je ne dirai rien que je puisse regretter au jour de ma mort.
Elle a soudain des larmes claires au bord des cils, inattendues, elle sourit cependant, pose un doigt léger sur ses lèvres :
        - Ne dis rien de plus, tu pourrais le regretter demain.
Et comme elle se détourne et s'éloigne, la musique revient sous ses doigts avec lenteur, il est las, trop de vie s'appuie sur lui et creuse ses rides. C'est trop tard...trop tard.
D'un coup il est vieux, il peut toucher sa mort, alors il laisse parler Bach à sa place, les yeux posés sur le reflet couronné de blanc qui palpite et s'efface sur la laque immobile, parce que, maintenant, il ne peut rien de plus.

René a fermé les yeux sur son reflet. Quand il retire enfin les mains du clavier, elle est devant lui, légère, elle plaisante, lui désigne la tasse pleine qui refroidit sur le guéridon, le feu à l'agonie, lui propose du café chaud, - il ferait mieux d'apprécier la tisane -, attrape son châle qui traîne sur le dossier d'un fauteuil et se prépare à remettre du bois sur les braises, quand la quiétude de la maison vole en éclats : des imprécations claquent contre les murs de la cour. Ils se précipitent, reconnaissent en ouvrant la porte cette voix perçante, contiennent leur rire à grand-peine :

Miette, dix-neuf ans échevelés juchés sur des talons trop hauts qui étirent ses jambes jusqu'au maigre, oscillant à mi-chemin de la fragilité, se déchaîne contre un jeune homme inquiet qui s'efforce malgré tout de la soutenir.
- Lâche-moi !
Le cri a viré à l'aigu. Il la lâche. Du coup, elle glisse sur les pavés humides et manque de s'écrouler. Il la rattrape avec une grimace, esquive une gifle imprécise, finit par la laisser partir, titubante, vers l'entrée.

Il hausse les épaules, s'explique péniblement :

- C'est de ma faute. On s'est disputé, elle a trop bu.

René la cueille à plein bras alors qu'elle tangue dangereusement sur la première marche du perron, l'aide à monter malaisément.

- J'aurais dû l'empêcher...

Le garçon a parlé avec un air d'embarras, maladroit de son corps trop long. Il esquisse un geste d'excuse, reprend un peu d'assurance en reculant d'un pas.

- Ça passera, vous savez comment c'est, les meufs...

Il recule encore, s'empêtre, finit par s'arrêter en croisant l'humour bleu du regard de René qui acquiesce en la confiant à Clara :

- Je sais ce que c'est.

Il hésite, demande enfin :

- C'est vous, René ?

- Oui. Et vous, qui êtes-vous ?

- Léo.

- Eh bien, Léo, merci de l'avoir ramenée.

- Oui, bon... ben... au revoir.

Il hésite encore, se détourne enfin et s'éloigne d'un pas incertain tandis que Clara s'évertue à convaincre Miette qui se débat de nouveau qu'il est inutile de lui courir après : elle le verra demain et ils pourront s'expliquer. Pour l'heure, il vaut mieux qu'elle se repose un peu.

- C'est vrai. J'crois qu't'as raison.

Ils la portent presque jusque dans le bureau où elle s'effondre sur le canapé en bredouillant des paroles informes. Et soudain, distinctement :

- C'est un salaud !

Il y a une indignation crue dans le ton malgré le pâteux de l'alcool. René lui retire avec douceur ses chaussures trop rouges, la recouvre d'un plaid tandis qu'elle branle du chef en marmonnant d'inintelligibles protestations. Clara chuchote :

- Qu'est-ce qu'elle a fait de Lili ?

- Elle a dû la laisser chez madame Mo.

Ici, c'est un peu une grand-mère, madame Mo. Elle est arrivée avec une valise et beaucoup de douleur, voici un peu plus de cinq ans, parce qu'on ne sait comment, elle avait appris que René pouvait peut-être l'héberger. Elle venait d'Asie, de l'un de ces pays ensanglantés par la guerre, son nom n'a pas d'importance, le sang y est rouge comme partout : il sèche sur la terre, sur les murs, l'homme nouveau-né en est poisseux...

Elle est partie. Parce que, là-bas, dans une autre vie, elle avait des enfants petits, comme Lili, qui riaient à la barbe du malheur, et puis il y a eu ce petit matin de moiteur et de boue… la guerre a décidé de la mort des enfants.

Elle prie chaque soir. Elle prie tous les bouddhas pour qu'ils apaisent la violence et la peur dans le cœur des bourreaux. Elle allume des bâtons d'encens, se purifie de leur fumée, chante doucement en se balançant : elle berce dans sa prière les hommes débordés de leurs passions, elle les aime, et le sang prend son repos, enfin, parce qu'une femme prie tous les bouddhas dans un lieu de paix.

Elle s'est fait la grand-mère de tous ceux qui viennent ici, et bien sûr, de Lili, la fille de Miette. La grand-mère, puisque la mère, ça n'est plus possible : le poids du sang qui repose dans sa prière pèse comme trop d'âge.

      Lili sommeille près d'elle, à l'abri du sourire du Bouddha.

Dans la grande maison, Miette s'est endormi.

Clara est partie.

René contemple la nuit, et pense à elle.

C'est madame Mo qui a réveillé Miette. Elle entrait dans le bureau et elle a buté sur les chaussures rouges. Miette dormait, la tête plongée sous la couverture pour ne pas voir le jour, mais madame Mo l'a secouée avec fermeté, l'a poussée hors de la pièce en la sommant de retourner chez elle et de préparer le petit déjeuner de Lili. Miette a pris ses chaussures d'une main vague et s'est glissée furtivement dans le couloir. Elle préfère éviter René. Il ne dira rien, mais il la regardera et elle ne supporte pas ce regard qu'il a sur elle, trop doux. Elle s'éloigne en pensant que cette douceur, c'est pire qu'une remontrance, elle voit si nettement alors sa propre image, avec le manque écrit, elle voit si nettement qu'il sait et qu'il l'aime quand même.

Ce matin, le vrai est qu'elle a bu, qu'elle a crié, elle s'en souvient, et que sa fille aurait pu se réveiller toute seule si madame Mo n'y avait veillé, alors elle n'est pas trop à l'aise parce que rien ne pourra justifier ça, même s'il y a une raison. Elle a appris ça : avoir une raison, même excellente, ne justifie rien.

René l'a vue passer, il a souri parce qu'il lui trouve l'allure d'un chat errant, puis il a rejoint madame Mo qui, comme chaque matin, soigne les bonsaïs avec des gestes amoureux, caressant les troncs trapus, embuant les feuillages en parlant doucement. Il s'est assis à sa table et la regarde faire en goûtant cette langue friable qui clape entre ses lèvres comme un drap de soie, sonore et feutrée dans un même temps.

Il contemple chaque jour cette femme qui touche les arbres qu'il a reçu en héritage, et il y perçoit l'éternité, alors il prend toujours ce temps-là quand il est chez lui.

Elle lui sourit derrière les branches, elle dit : ils sont heureux parce qu'ils vous donnent du bonheur, elle dit aussi qu'elle va faire des courses et qu'elle peut lui ramener ce dont il a besoin, si ça lui rend service. Il accepte, il pourra se consacrer au courrier en retard, et comme il prend ses lunettes, elle s'approche, lui tend une enveloppe :

- Elle était posée au pied du pin.

Il hausse les sourcils, tend la main, reconnaît l'écriture rapide de Clara.

Madame Mo est déjà partie, elle a tiré la porte derrière elle. Il pose la lettre sur le bureau, devant lui, hésite un instant, puis se rend à la fenêtre.

Il fixe la cour pavée sans la voir. La porte cochère est ouverte sur la rue, il pleut, une pluie fine et insistante qui presse les passants et mouille le verre. Au coin de la porte, dans un parterre, un narcisse frémit comme une éclaircie. Il s'émeut de cette clarté singulière qui brave le gris du jour, revient à sa table, repousse la lettre avec un soupir et entreprend de dépouiller le courrier qui s'est amoncelé pendant son absence.

Il est près de midi quand on frappe à la porte. Miette entre avec un air de timidité qui lui est inhabituel. René lui sourit, se redresse :
- Merci d'être venue, j'en avais assez.
Il a posé ses lunettes, il la dévisage avec tendresse :
- Que veux-tu ?
Elle hésite, baisse les yeux, mordille machinalement une mèche folle échappée de ce qui lui est peut-être un chignon. Plutôt une sorte de nœud emmêlé, cerclé de velours jaune. Elle a renoncé pour ce matin à tout maquillage, et en a quelque chose de fragile qui l'apparente au narcisse.
- Ben...
- Oui ?
- Je suis venue pour te demander de...
Il attend. Elle balaie la mèche indocile et l'accroche derrière son oreille, le regarde droit :
- ...te demander pardon. J'aurais pas dû boire.
- Il est vrai que ça ne te réussit pas !
Il ajoute doucement après un temps :
- Tu es pardonnée. Essaie d'éviter ça, une autre fois.

- Mais y a pas que ça.

- Il y a quoi ?

- Y a que Léo, je suis pas d'accord avec ce qu'il dit.

- Qu'est-ce qu'il dit ?

- Il dit... il dit... on s'est engueulé.

Elle a de nouveau baissé la tête. Elle dessine d'un doigt machinal des ronds sur la table, et cette main d'enfant aux ongles trop courts et trop rouges, le fait sourire.

- C'est ce que j'ai cru comprendre.

Il est prudent. Il attend encore un peu, puis devant le silence qui se prolonge, propose :

- Tu veux manger avec moi ? On discutera tout aussi bien à table.

- Je peux pas. Madame Mo m'a déjà invitée. J'ai dit que je l'aiderai pour sa confiture.

- Eh bien, ça sera pour une autre fois.

Elle le dévisage, questionne abruptement :

- Pour Léo, qu'est-ce que je fais ? Je suis pas d'accord avec ce qu'il dit.

- Tu lui dis que tu n'es pas d'accord et tu lui dis pourquoi.

- Mais il veut pas comprendre !

- Tu en es sûre ?

Elle hésite.

- Tu as essayé ?

- Je crois que j'ai crié d'abord.

Il retient un sourire.

- Essaie sans crier, et tu verras bien.

Elle dit :

- Bon. Mais pas tout de suite. Et puis, je peux pas être d'accord avec lui.

Et tourne les talons sans façon avec un petit geste d'adieu. Il entend son pas qui claque sur les dalles, la porte du jardin se referme avec fracas, les graviers crissent, puis plus rien, juste le murmure de la pluie sur la verrière.

La lettre de Clara patiente sur le coin du bureau.

Sur l'enveloppe, son nom entier, en majuscules.

Dedans, une mince feuille blanche qu'il hésite à déplier.

Il n'y a que quelques mots tracés d'un jet d'encre noire, un cri peut-être, essentiel, l'encre suffit, et le geste, pour tout dire il ne lit pas, les mots sont sans importance, il y a Clara jetée sur une mince feuille blanche qu'il a laissée retomber sur le bureau, il y a la vie de Clara, sa peau, son rire, et puis ce trou au dedans de lui qui a nom : aujourd'hui...

Il a crispé les mains sur le dossier de sa chaise, il voit le lacis des veines, les doigts osseux, les tavelures de la peau, il inspire : et demain ?

Vivant. Rien ne change si ce n'est son corps. Son âme ne s'assagit pas. Il veut malgré tout la contraindre, il la fait ployer à la pensée de l'usure, il lui montre le visage de sa mort, il dit non ! Elle est trop jeune, lisse de peau et de cœur, tu n'as pas le droit !

Et son âme dit encore : regarde l'encre sur le papier.
Et son âme chuchote : c'est possible aujourd'hui, Clara le sait mieux que toi.

Il a dit non à voix haute, posément, il en est presque souriant, il referme la feuille sur Clara et quitte le bureau.

Il ne pleut plus. Le narcisse frissonne dans le gris du jour, obstinément.

Clara est passagère. Elle a passé la matinée au simple quotidien, puis elle est passée à l'hôpital. Tout est en ordre. Luc l'a raccompagnée avec un sourire tranquille et lui a souhaité bonnes vacances en l'embrassant sur la joue, et puis une caresse légère : va, ma belle, prends ton temps.

Elle a ri, elle a répondu en plaisanterie, mais en se détournant, elle s'est devinée vacante, avec quelque chose d'inhabité plus que de disponible, désemparée : elle qui rêvait d'accalmie, se découvre brutalement encalminée... Depuis, elle marche au hasard.

Elle est dans une ruelle étroite qu'elle reconnaît soudain. Elle n'a pas fait exprès de venir là. Elle ne le voulait pas. Elle s'est perdue dans des rues qu'elle ignorait, elle a pris un café, bistrot petit, peu de monde, des habitués surpris par cette inconnue trop seule, et quand elle est ressortie, le ciel gouttait à nouveau, le vent piquait un peu, alors elle a remonté son col, elle est revenue sur ses pas, elle a pris cette ruelle après quelque hésitation en espérant un raccourci, et soudain elle l'a reconnue : un peu plus loin, à droite, il y a une porte cochère, une cour pavée assaillie de fleurs en été, et le rire de René.

Elle évitait pourtant de penser à lui, du moins elle le croyait. Elle rit toute seule de sa crédulité, décide de passer sans s'arrêter, passe effectivement, et se heurte brutalement à une jeune femme qui sort de la cour en hâte.

- Excusez-moi.

- C'est de ma faute.

René rentrait, il s'est retourné, il l'a vue. La jeune femme s'est éloignée, Clara esquisse un geste incertain, finit par s'avancer. Il se tait. Il la dévisage. Impénétrable. Du coup, elle bredouille qu'elle ne voulait pas... qu'elle n'a pas... et puis :

- Je te dérange ?

Alors il éclate de rire :

- Oui, on peut dire ça.

Il prend sa main, la presse doucement, se moque :

- Tu as choisi un joli temps pour te promener !

Il est vrai qu'un vent aigre coule maintenant entre les murs. Il n'a pas lâché sa main, il ébouriffe les mèches humides, l'entraîne vers le chaud de la cuisine. Au passage, il tire la porte du bureau, mais elle a eu le temps d'apercevoir une silhouette menue qui attend, immobile, sur une chaise.

- Tu as quelqu'un. Je me chauffe un peu et je me sauve. Ne t'occupe pas de moi.

- Prépare ce que tu veux, c'est une gamine

pour un accueil, j'appelle madame Mo et je te rejoins.

- Un thé ?

- Très bien.

Il est sorti. Elle entend sa voix calme, des réponses raides, puis des pas désaccordés, la porte du jardin qui se referme en grinçant.

Le thé est prêt quand il revient, il a l'air soucieux. Il lui sourit, pourtant :

- On va dans la bibliothèque ? C'est plus agréable, et puis j'ai assez travaillé.

Il ajoute :

- Et tu es en vacances, il faut faire confortable.

Elle a brusquement baissé la tête, sans un mot, alors, comme elle se détourne pour prendre un plateau, il s'approche, relève son visage, s'attarde un instant aux larmes qui débordent, et l'attire à lui...

En lui servant son thé, il la découvre émouvante, tout à coup plus creuse, elle a les yeux cernés, avec comme une incertitude, un flou, qui le désarme. Il la voit démunie d'elle-même et c'est tellement inhabituel qu'il ne sait que faire.

- Alors, ma vaillante...

Elle reçoit la tasse au creux des paumes avec un pauvre sourire :

- Je ne suis pas vaillante.

Il remarque :

     - C'est vrai pour aujourd'hui. Comme ça, je peux te consoler.

Elle contient les larmes qui menacent :

     - Si au moins, je savais pourquoi.

     - Pour mon plaisir et pour mon malheur.

Elle rit malgré tout, doucement :

     - Tu crois ?

     - Mais oui, tu uses de toutes tes armes. Tu es dure.

Il a prononcé les derniers mots très bas.

Elle se tait. Quand elle le regarde à nouveau, ses yeux pétillent enfin :

     - Je ne te présenterai pas d'excuses, tu es bien trop coriace !

     - Et toi bien trop douce.

Cette fois, il s'est détourné. Il désigne la fenêtre, la pluie gifle les carreaux, la cime des cèdres ploie sous des rafales imprévues.

     - Tu peux rester ?

Elle est évasive :

     - Personne ne m'attend.

     - Si tu es pressée, je te raccompagne en voiture.

     - Je ne suis pas pressée, je suis en vacances.

     - Alors tu restes.

C'est à mi-chemin de l'interrogation. Il n'est pas sûr d'avoir envie de sa présence. Elle le devine :

     - Tu ne veux pas de moi ?

Il sourit en lui faisant face :

     - Je crains que tu ne me harcèles.

Elle hausse les sourcils :

- Sexuellement ?

Cette fois, il rit franchement :

- Je n'ose l'espérer ! Tu es bien plus redoutable que cela !

- Parce que ça ne te ferait pas peur !

Elle a pris l'air offensé. Il s'approche, se penche au-dessus d'elle.

- Tout m'inquiète, venant de toi, mais c'est moi que je crains. Ne me tente pas.

Il est sérieux, il apprend ce visage levé vers lui, en boit la clarté troublante du bout des doigts.

- Clara... toute belle... demain je serai un vieillard. Je préfère rester ton ami.

Il s'est penché encore, elle ne voit plus que le bleu de ses yeux, presque joyeux. Il baise très doucement les larmes qui glissent sur sa peau, il murmure, tu as la peau trop douce, et puis il se redresse, il est trop fort pour elle, inébranlable et tendre.

Elle capitule.

- C'est toi qui choisis.

Après un temps, elle ajoute :

- Aujourd'hui.

- Tu es incorrigible.

Il s'est écarté en riant. Elle se laisse glisser au fond de la bergère comme un chat, avec un soupir. Il va s'appuyer au manteau de la cheminée, il l'observe en silence. Il a d'un coup l'air fatigué. Elle se souvient du souci qui semblait l'occuper plus tôt.

- Qui est-ce, ton accueil ?

Il répond avec lassitude :

- Une gamine. Dix-sept ans, émancipée depuis trois mois. Elle vivait avec une amie, mais elle a été repêchée dans un bar hier soir, elle ne veut pas rentrer chez elle. Impossible de savoir ce qu'il s'est passé. Elle a été ramassée par un éducateur qui a pensé qu'elle pourrait rester un peu ici, il savait que le studio de la cour était libre. C'est une stagiaire qui l'a accompagnée, c'est elle qui t'a... arrêtée ? Mais...

- Il y a autre chose ?

- Non. Elle n'a rien de... elle a l'air de savoir ce qu'elle veut, et de le faire. Elle a appelé son amie pour qu'elle ne s'inquiète pas, et en même temps, je ne sais pas, il y a quelque chose qui ne va pas. On verra bien.

Elle se lève, pose sa tasse, le prie simplement :
        - Tu me joues quelque chose ?
Il a un sourire usé :
        - Tu le veux vraiment ?
        - S'il te plaît.
        - Choisis.
        - Non, ce que tu veux.
Il a ouvert le piano, il est resté un moment à contempler le clavier, puis il a pris une partition. Elle a reconnu Satie, un peu lent, d'abord, presque hésitant, et comme elle allait à la fenêtre, plus frappé, très pur enfin quand elle lui fait face, elle a eu raison d'appeler la musique, elle lui est nourriture, il en est plus lisse.
Il a laissé mourir la dernière note. Elle ne bouge pas. Le moindre geste briserait ce fil qui les unit plus sûrement qu'une étreinte. Puis il sourit encore, doucement, il la regarde, et de mémoire, plonge dans les miroirs de Ravel.

        On a frappé à la porte. Clara va ouvrir et rencontre d'un coup un regard tranchant, très pâle. Une jeune fille la dévisage, plutôt petite, claire de peau, des cheveux de cendre et l'air obstiné d'un jeune bélier. René pose une main légère sur l'épaule de Clara, les présente l'une à l'autre : Chris, Clara...
        - Tu voulais quelque chose ?
        - Oui, savoir s'il y a des horaires.
René contient un sourire.

- Tu fais ce que tu veux, quand tu veux. Tu veilles seulement à fermer ta porte quand tu pars, la porte cochère est toujours ouverte. La seule règle est le respect de chacun, et il n'y a pas d'exception... ne crois pas que ce soit facile ! A part cela, Madame Mo s'occupe de tout, s'il te manque quelque chose, tu vas la voir. Et si tu as un problème grave, je suis toujours disponible. Ça ira ?

- Très bien.

Elle hésite, ajoute.

- Tout à l'heure, je ne vous ai pas remercié.

- Tu le fais maintenant, merci.

Elle s'écarte avec un bref sourire assorti d'un signe de tête, les salue, un peu raide, elle ne veut pas les déranger plus longtemps, et s'éloigne à grands pas.

Ils échangent un regard, Clara constate : c'est une guerrière. René se tait, songeur, finit par fermer la porte, précisément, va s'asseoir près du feu, souriant à demi, murmure :

- J'ai besoin d'être seul.

Elle ramasse les tasses tranquillement, pose le plateau un instant pour ouvrir, mais quand elle va sortir, il souffle : reste, alors elle revient s'asseoir dans la chauffeuse. Il a fermé les yeux, il sourit.

Le jour s'apaise et glisse vers l'ailleurs.

Plus tard, quand il se lève sans bruit, elle est endormie, elle ne l'entend pas se retirer après avoir rassemblé les tisons épars.

Pour une fois, tout est calme. Miette n'est pas venue, le téléphone n'a pas sonné.
Il est allé dans le bureau, les bonsaïs frémissent, il caresse leur feuillage au passage, appuie son front à la verrière. Dehors les pavés luisent faiblement dans le crépuscule. Il écoute son souffle, le simplifie si c'est possible, un instant anéanti, je veux dire immergé dans ce néant indicible de la vie, et puis il se redresse, et quand elle le rejoindra dans la cuisine où il s'affaire, elle le trouvera serein, elle l'enviera peut-être parce qu'elle se voit l'âme inquiète et fatiguée d'elle-même, elle retiendra ses mots, elle mettra le couvert, elle attendra qu'il rie, qu'il serve le cidre, qu'il lui dise qu'il a préparé la chambre basse, celle qui ouvre sur le jardin à côté de la sienne, et elle répondra oui, elle boira le cidre, elle se moquera légèrement quand, arrivée à sa porte, elle découvrira des roses sur la table de nuit, - où a-t-il trouvé des roses ?-, il baisera sa paume, délicatement, elle refermera cette porte derrière elle en retenant son souffle, et puis, dans l'ombre, elle touchera le parfum des fleurs, elle pleurera enfin, parce qu'elle est aimée.

Elle est restée. Il l'en a prié avec un air de plaisanter et elle l'a pris au mot, elle est partie chercher quelques affaires et elle s'est installée.

Elle ne savait pas la vie de René. Elle découvre un homme qui dort peu, se met au piano avec l'aube pour deux heures déliées de gammes et d'études avant d'entrer en musique entièrement, invitant selon son plaisir Bach ou Debussy. Elle descend alors doucement, prépare un petit déjeuner plantureux, et quand tout est prêt, elle frappe à la porte de la bibliothèque. Il ne répond jamais, il y a juste quelques notes douces, toujours les mêmes, elle revient avec le plateau et la porte est ouverte, il a poussé les partitions et les livres qui encombrent la table basse, il lui prend le plateau des mains, remplit les bols, effleure les galettes avec un sourire moqueur : gourmande, et elle s'agenouille, lui tend son bol avec des gestes purs de geisha, répond qu'elle est en vacances mais que lui n'est pas obligé...

De fait il mange peu mais il étire cette heure plaisante pour la regarder manger avec recueillement, appliquée à se servir, cueillir d'une langue délicate le miel qui poisse ses doigts, et lever les yeux vers lui d'une façon toute particulière, mi contrite, mi-faraude, qui le fait frémir de bonheur et de crainte tant il se découvre vulnérable. Alors, il finit son café d'un trait, tisonne le feu qui, dans ces jours-ci, ne s'éteint plus, revient à elle, inéluctablement.

Quand elle est rassasiée, elle l'interroge et il se dévoile, il lui dit la musique d'abord, vitale, héritée de son père, cette passion pour la paléontologie qui le meut encore et le pousse au partage, la solitude aimée qu'il préserve, quelques amours bien sûr, le corps de quelques femmes, il rit du regard qu'elle lui lance, mais oui, ces corps clairs qu'il a visités avec ferveur en quêtant le mystère, peut-être le sien, les femmes lui ont appris le respect sacré du silence, et la retenue, il s'est rencontré en elles plus sûrement que dans un miroir.

Il lui a dit cela simplement, et elle a envie de crier ou de fuir parce que d'autres lui ont offert un peu de cette sagesse qui le garde au-delà d'elle, et qu'elle n'a plus rien pour lui, elle est démunie de son présent.

Il dit encore que personne ne lui a proposé la folie, il n'a jamais rencontré le manque, il n'a jamais respiré à demi, il n'a jamais eu soif à en souffrir, il n'a jamais eu à se combattre lui-même. Il la regarde avec un peu de tristesse, il ne dit pas que c'est d'elle qu'il parle.

Elle, écoute ou se cache. Quand il invite, elle esquive d'un sourire, d'une pirouette ou du souvenir d'un amour sans suite. Il s'amuse de sa rouerie, insiste un peu, juste assez pour qu'elle réagisse avec vivacité avant de percevoir sa malice, et quand elle s'indigne, il prend l'air bonasse, s'étonne : Elle ne lui montre jamais que l'écorce de sa vie, rien de vrai, des reflets toujours et encore sur la peau du verre. Il a dit cela sans intention, il est surpris du flou qui l'embue. Il se tait.
Et, d'un coup, elle dit l'enfance en trois mots durs qu'il reçoit comme des coups : viol, sang, pleurs.
Non pas elle, mais sa mère et la mère de sa mère. Le legs des femmes.
Il attend. Plus tard, elle complète l'héritage : harassée d'une guerre qu'elle n'a pas connue, elle porte en elle ce poids d'Allemagne, elle le cache comme un secret coupable, complice, elle a dit : je suis complice, elle a serré les lèvres très fort, visage masqué, elle a ajouté : c'est au présent.

Il sait. Il a tout reçu d'elle d'un coup, ses présents mêlés, ceux d'hier et d'aujourd'hui... il n'y a rien à dire.
Elle a croisé ses bras contre elle, étroitement, elle s'étreint pour ne pas céder, elle dit : ma mère est morte, et puis elle pleure.

Il la rejoint, la prend toute entière contre lui

mais elle est emmurée d'elle-même, et soudain elle lutte, elle le rejette, elle doit le fuir, c'est sa survie, elle doit prendre les armes : les roses, Satie, le silence, c'est trop facile, elle se débat contre l'insaisissable amour qu'il lui offre, elle cherche l'affrontement, le corps à corps, mais il se dérobe alors elle crie : tu es lâche ! trop fort, sa voix a craqué vers le grave, elle se cogne au piano, pour une fois elle déteste cet énorme meuble qui le protège comme une citadelle, et lui il rit, il fait déferler Chopin sur elle avec une vigueur stupéfiante, et il rit à pleines dents, diable d'homme, elle enrage, elle tente vainement de réprimer le fou rire qui la gagne, finit par sombrer en hoquetant dans les coussins du fauteuil sous les assauts répétés d'une polonaise qui explose en une improvisation extravagante et virtuose.

Elle s'est calmée. Elle essuie les larmes qui roulent sur ses joues en contenant son rire, elle l'écoute. Il a les yeux clos et laisse le piano gémir et fendre sous ses doigts, lancinant et rompu tour à tour, puis brusquement apaisé, effacé, ces quelques notes, ah vous dirai-je maman, détachées, et puis le silence...

Il la dévisage par-dessus l'instrument.

Elle n'a pas de mots, ce qu'elle vient d'entendre l'a pétrifiée.
Elle finit par murmurer :

- Comment se fait-il que tu ne sois pas pianiste.

Il rit :

- Mais je suis pianiste, non ?

- Non, je veux dire... vraiment !

- J'ai toujours trop aimé les fossiles.

- Mais...

- La musique n'est pas la vie, elle en fait partie.

Il glisse un sourire désabusé :

- C'est une maîtresse exigeante, elle ne me donne vraiment du plaisir que si je lui consacre un tiers de mon temps. J'ai quelquefois essayé de fuir mais je lui suis toujours revenu, et maintenant elle me comble, même si sa fidélité est conditionnelle.

- Conditionnelle ?

Il plaisante :

- Pas d'arthrose, pas de télé, pas de femme, et autant d'heures que possible volées pour elle chaque jour. Et la chance de n'être pas tout à fait sénile.

Elle reste songeuse.

- Et tu n'as jamais composé ?

- Ma mie, je ne suis pas le bouddha aux mille bras, je dors, comme tout le monde. Et même en étant tombé dedans tout petit, ça n'était pas ma vie.

Il se moque :

- Tu m'as pourtant déjà entendu.

- Pas comme ça.

Il sourit en coin :

- Je peux donc encore te surprendre ?

Finalement, tu ne sais pas tout de moi.

- Je ne sais rien de toi !

- Je t'ai raconté ma vie !

- Peut-être, mais pour un prétendu vieillard...

- C'est bien le problème, j'aime la vie chaque jour davantage, et elle raccourcit chaque jour d'autant. C'est la seule sagesse que l'âge m'ait donné : je m'en rends compte. Mes os se chargent de me le rappeler quand j'oublie.

Il reprend après un temps :

- Bon, j'ai du travail. Je dois terminer un article, j'ai promis de l'envoyer demain. C'est ton tour de cuisine ?

Elle bondit sur ses pieds en riant et s'empare du plateau :

- Pizza ?

- Va pour une pizza.

Quand il va passer la porte, elle l'arrête, frappée d'une réminiscence :

- Mais tu n'aimes pas Chopin ?

- Non.

Elle hausse les sourcils, il a déjà disparu, elle entend son rire dans le couloir et madame Mo qui le salue. La porte du bureau s'est refermée. Alors, lentement, elle retourne à la cuisine.

Un peu plus tard, elle est sortie. En traversant la cour, elle a croisé Chris, visage fermé, dur, et n'a pu s'empêcher de noter cette violence qui contraste avec la joliesse de ses traits. Et puis on ne la voit jamais, même Miette s'en est étonnée.

Madame Mo l'a vue aussi, depuis le bureau. Elle s'inquiète secrètement, elle a déjà rencontré une violence semblable à celle-ci. Elle en touchera quelques mots à René, il n'a peut-être rien remarqué, occupé qu'il est de Clara. Elle voit bien qu'il est troublé : il la rejoint toujours auprès des bonsaïs, elle vient plus tard pour lui en laisser le temps, mais il s'immerge dans le silence des arbres trop intensément, comme s'il y cherchait sa vie. Elle ne peut alors qu'arrondir ses gestes pour plus de calme, prononcer des mots de paix dans cette langue qu'il aime sans la comprendre, elle lui parle, elle lui rappelle qu'il est un homme, que peut-être il présume de ses forces, que peut-être il mène un combat inutile, elle dit ce que la vie lui a appris, qu'aujourd'hui existe et que c'est doux, qu'il faut quelquefois recevoir ce don, malgré tout, même si demain est souffrance, parce qu'un don reçu peut se rendre au centuple, on en est plus fort et plus tendre; on peut aussi recevoir la souffrance comme ça, on en devient aussi plus fort et plus tendre.
Il sait bien tout cela mais elle le lui dit dans une langue inconnue et ces sons transparents le reconstruisent, il en est apaisé vraiment, il lui sourit et elle s'efface, discrètement.

Le soleil est enfin venu réchauffer le

narcisse. Lili l'a vu, elle s'est faufilée dans la cour et l'a cueilli, triomphante. Elle le donnera à Léo : il est gentil, Léo; ce matin, il est venu voir Miette, il a apporté des croissants mais elle n'a pas voulu lui parler, Lili ne sait pas pourquoi. Elle lui donnera le narcisse pour le consoler.

Léo est assis sous les cèdres, sur les marches du pavillon où vit Miette, la tête entre ses mains. Quand il entend Lili arriver en courant, il se redresse, sourit à la voir rayonnante et fière; elle lui tend une fleur chiffonnée. Il la prend gentiment, lisse les pétales en la remerciant, mais elle le regarde en face et lui dit :

- Pourquoi maman veut pas te voir ? T'as fait une bêtise ?

- Ben oui, je pense, mais je ne sais pas laquelle.

- Tu dois bien savoir ?

Il lui sourit. Elle est mignonne, hérissée de cheveux noirs, l'œil chinois, elle frotte ses mains tachées du narcisse sur son fond de culotte.

- Non, je ne sais pas et elle ne veut pas me le dire. Tu pourrais lui demander ?

- Si tu veux, mais elle répond pas toujours, elle dit que je suis trop petite. René, il répond toujours, lui, mais il doit pas savoir...

- Non, je ne pense pas.

Il joue un moment avec la fleur, finit par couper la tige cassée et la glisse à la boutonnière de sa chemise, puis il attire la petite à lui, pose un baiser sonore sur la joue ronde :

- Je dois partir, tu diras à ta maman que je lui demande pardon. Je repasserai ce soir. Tu lui diras ?

- C'est bizarre de demander pardon sans savoir pourquoi.

- Elle, elle doit le savoir, elle voudra peut-être me parler de nouveau.

- Je dirai que t'es gentil. Et pis tu sais, je crois qu'elle mangera quand même les croissants.

Il s'est relevé tandis qu'elle parlait et s'éloigne avec un petit geste de la main auquel elle répond en riant. Il ressemble à... un épouvantail. Elle est fière d'avoir retrouvé le mot. Elle a vu une image et madame Mo lui a expliqué que c'était quelque chose qu'on mettait dans les champs pour les oiseaux. Elle voit bien Léo dans le jardin, avec plein d'oiseaux posés sur lui, il a des grands bras, ils auraient de la place...

Elle a entendu une voiture arriver, part en sautillant vers la resserre qui jouxte la maison : un trou dans le volet de derrière en fait un excellent poste d'observation sur la cour.

Clara est rentrée un peu avant midi. Il y a une voiture dans la cour et un mot sur la table de la cuisine : "un convive de plus !". Elle sourit, se met à l'ouvrage avec ardeur. La pizza est juste cuite quand René pousse la porte, suivi d'un petit homme rond qui s'essouffle sur des cannes anglaises. On ne saurait imaginer des hommes plus différents : l'un grand et droit, souriant dans sa barbe, et l'autre marchant avec difficulté, le cheveu rare et l'œil pétillant d'humour derrière les lunettes qui s'attarde sur elle, appréciateur. René l'a remarqué. Il rit, avance une chaise :

- Je te présente Pierre. Méfie-toi, il est redoutable. Depuis la fac, il me souffle toutes mes conquêtes.

Il ajoute avec un regard candide :

- Je me demande bien pourquoi...

- L'esprit, très cher, l'esprit ! Tu ennuies tout le monde à dormir avec ton piano. N'est-ce pas, ...mademoiselle ?

Il a dit cela avec un air coquin qui la fait rire :

- Clara, je m'appelle Clara.

- Ma chère enfant, si vous me permettez cette familiarité, je ne saurais trop vous conseiller de fuir cet homme comme la peste. Il vous cantonne à la cuisine et me séquestre dans son laboratoire, à étudier quelques restes, intéressants, je dois le reconnaître, intéressants... en écoutant une musique de sauvages, mais si un délicieux fumet ne m'avait incité à le sortir de là, nous y serions encore, et vous seriez seule. On ne laisse pas seule une si jolie femme.

René l'interrompt en lui tendant un verre.

- Bois et tais-toi, vieux tombeur.

Il ajoute à l'adresse de Clara :

- Maintenant tu as compris. Si j'avais su qu'il

venait, je t'aurais renvoyée chez toi.

- Mais voyez-vous cela ! Craindrais-tu un rival ? C'est me faire beaucoup d'honneur, et à toi aussi. Ne crois-tu pas que cette séduisante personne pourrait trouver chaussure moins usée à mettre à son pied ?

Il lui lance un regard pénétrant, poursuit :

- C'est bien la première fois que tu n'es pas soulagé de me voir arriver.

Il se tourne vers elle avec un sourire espiègle :

- Mon enfant, il n'a jamais beaucoup aimé l'attachement et j'ai souvent recueilli avec compassion les malheureuses victimes de son charme.

- Avec compassion ! On aura tout entendu.

- Mais oui. Je suis très compatissant envers les jeunes femmes. Il y en a, hélas, de moins en moins qui ont recours à ma bonté. Maintenant, si tu veux que nous puissions retourner dans ton antre, il serait temps de passer à table, d'autant que cette pizza me semble bien extraordinaire. Auriez-vous, en plus de votre beauté, le talent de cuisiner ?

Ils ont mangé gaiement, Pierre ayant interdit d'emblée toute allusion paléontologique :

- Nous sommes à table et c'est excellent, cela gâcherait le repas alors que, pour une fois, je n'ai pas à supporter ta cuisine.

Clara les a écouté faire assaut d'humour et d'intelligence, explorant les derniers événements du monde ou de leur vie sans jugements, curieux de tout, si étroitement complices qu'une allusion de l'un suffit à faire rebondir l'autre, et pourtant attentifs à sa présence d'une façon telle qu'elle peut avoir l'impression d'avoir partagé leurs conversations depuis toujours.

Le téléphone les interrompt au moment du café. Comme René s'éloigne, Pierre devient presque sérieux, la dévisage avec douceur derrière ses lunettes rondes :

- Vous l'aimez plus que de simple amitié.

C'est un constat.

Elle sourit sans rien dire.

- Oui, vous l'aimez davantage, c'est évident... heureux homme.

Il poursuit après un petit temps :

- Et ce gredin ne veut rien entendre, bien sûr. Je ne lui donnerai pas tort. Il vous a déjà concédé plus qu'il n'en a l'habitude. C'est la première fois que je vois une femme chez lui, même dans la chambre d'ami, je veux dire une femme qui ne le laisse pas insensible, et voilà plus de cinquante ans que je le connais.

Elle a baissé les yeux.

- Puis-je vous parler comme à ma fille ?

- Bien sûr.

- Eh bien ma chère enfant, vous êtes tout ce qu'un homme comme lui peut rêver, mais peut-il combler une femme comme vous ?

Il étudie le visage tourné vers lui.

- Je pense que oui. Vous êtes différente.

Mais ne lui en veuillez pas trop de fuir, l'âge l'épargne honteusement mais il est là, et René le sait bien. Je ne voudrais pas être à sa place. Nous ne pouvons plus nous permettre de nous tromper, nous n'en avons plus le temps. Vous êtes une tentation... qui est au-dessus de ses forces, j'en ai peur...

...Voyez-vous, il a toujours été sage, ça le rend vulnérable plus que d'autres... j'ai compris en le côtoyant qu'il est plus facile de vivre avec des dons raisonnables, tout le monde s'en accommode mieux, on est moins seul... et pourtant je l'ai souvent envié.

Il boit une gorgée de café.

    - Je vais vous donner un conseil de sagesse, acceptez d'être une amie, ne pesez pas sur lui, n'ajoutez rien à votre présence, elle peut déjà lui être une torture, elle le serait pour moi, en tout cas. Maintenant, comme je n'ai jamais été sage... rendez-le heureux. Reste à trouver le bon moyen.

René poussait la porte.

    - Quel moyen veux-tu qu'elle trouve ?

    - Ça ne te regarde pas.

    - Bien. Je t'annonce encore un convive pour ce soir. Alain s'arrête pour la nuit. Madame Mo préparera une chambre de plus.

Il grommelle :

    - Je n'arriverai jamais à boucler cet article.

Clara s'est levée, elle interroge :

    - Qui est Alain ?

- L'ami peintre dont on a parlé l'autre jour. Il revient des États-Unis. Nous ne nous voyons pas souvent. Il te plaira.

Il sourit faiblement, ajoute :

- Je suis sûr qu'il te plaira.

Il aide Pierre à se redresser, lui tend ses cannes :

- On y va. Si je le laisse faire, nous ne travaillerons jamais.

Pierre glisse un clin d'œil complice à Clara, et s'éloigne péniblement.

En traversant le bureau, il demande :

- Quel âge a ton peintre ?

- La quarantaine, un peu plus.

- C'est toi qui l'as invité.

Ce n'est pas une question. René lui lance un regard amusé :

- Oui.

- Aurais-tu besoin d'un garde du corps ?

- Oui.

- Je comprends.

Et, après un temps :

- Mais je serais étonné que ce soit simple.

Le jour baisse. Clara a passé une partie de l'après-midi à lire dans la bibliothèque. Elle s'étire enfin, pose l'ouvrage sur le piano, se rend à la fenêtre. Madame Mo profite du beau temps pour terminer quelques plantations, Lili, munie d'un sarcloir, s'affaire dans l'allée : elle dessine soigneusement un parcours compliqué destiné aux petites voitures que Léo lui a offertes.

Une porte s'est ouverte. Celle de la cour. Des pas retentissent dans le couloir, une voix grave résonne. Elle s'empresse, se heurte en sortant à un homme grand, qui la dévisage, l'air aussi surpris qu'elle. Il se ressaisit :
- René n'est pas là ? Pardon. Alain Heck. Je suis un ami de René, il m'attend.
- Clara Kant. Bonjour.
Ils échangent une vigoureuse poignée de main.
- Il vous attend, bien sûr, il m'avait prévenue de votre arrivée.
Elle est vaguement embarrassée, elle ne s'attendait pas à un homme si jeune, ou si vieux, c'est selon. En fait, elle ne s'attendait pas à un homme de cet

âge et il a quelque chose de troublant qu'elle ne parvient pas à préciser.

Il l'observe avec un sourire attentif, dit enfin :

- Il m'avait prévenu de votre présence. Savez-vous quelle est ma chambre ? Je pourrais y poser mes bagages.

Elle bredouille une excuse, et tout en se maudissant de son trouble, le précède à l'étage.

Quand ils redescendent, Pierre et René ont rejoint la bibliothèque. René accueille l'arrivant avec chaleur. Le regard de Pierre s'éclaire, il contient un sourire ironique, et quand Alain le salue, il prononce, affable :

- Monsieur, René aurait un fils qu'il pourrait vous ressembler. C'en est surprenant.

Alain rit de bon cœur :

- On nous l'a déjà dit.

René intervient :

- Pierre, tu ne peux pas t'empêcher de dire des âneries.

Il sourit du coup d'œil entendu de son vieil ami qui répond, caustique :

- Il faudra bien que tu supportes mes âneries pendant toute la soirée, puisque tu m'as invité à dîner.

Clara lui lance un regard reconnaissant. C'est cela qui la mettait mal à l'aise : Alain et René se ressemblent vraiment, plus par ce qui émane d'eux que par quelque caractère physique, stature mise à part, mais on pourrait effectivement les croire parents. Ils sont d'ailleurs plongés dans une de ces conversations particulières qui dévoilent une vraie communion de pensée, poursuivant visiblement les propos tenus au téléphone. Ils s'en excusent presque aussitôt, Alain invoque la rareté de leur rencontre, René propose une corvée de cuisine : ils auront ainsi loisir de faire plus ample connaissance en préparant le repas.

Alain et Clara sont sortis les premiers, René aide son ami à s'extraire de son fauteuil. Pierre grommelle :

- Je ne te connaissais pas tant de fourberie. Il se tourne vers lui en récupérant ses cannes, scrute le regard clair :

- Il faut que tu sois fou, mon pauvre ami, ou que tu aies bien peur... ou que tu sois un saint... ma foi, je ne sais pas, mais à ta place j'aurais soigneusement évité de les mettre en présence l'un de l'autre. Et ne t'y trompe pas, pour moi, ta manœuvre est limpide.

- Il n'y a pas de manœuvre, il y a l'ordre des choses. Que disais-tu à Clara, tout à l'heure ?

- A table ? Quand tu es revenu ? Qu'elle trouve le moyen de te rendre heureux.

- Il n'y a pas de moyen. Le seul est qu'elle soit heureuse, elle.

- Et si c'était par toi ?

- C'est impossible.

- Je n'en suis pas sûr.

- Mais enfin regarde-la ! Elle est... elle

pourrait être ma fille !

Pierre prend son souffle, se prononce, implacable :

- Tu es fou à lier. Et tu te mens. Tu ne l'as jamais vue comme ta fille, elle est bien plus pour toi et tu le sais très bien. Tu n'as aucun argument pour t'éloigner d'elle alors tu dresses entre vous un homme encore jeune, beau, c'est indéniable, et doué, paraît-il. Je maintiens que c'est fourberie. Il faut que tu te sentes véritablement en péril pour en arriver là, alors regarde les choses comme elles sont : tu l'aimes, et tu vas bien devoir y faire face. Toute ton intelligence, tout ton talent, ne servent à rien : tu n'es qu'un pauvre bougre d'homme qui ne sait plus où il en est.

Il ajoute, presque durement :

- Tu es ton pire ennemi.

Puis amortit dans un sourire :

- Ne t'en fais pas, ça ne se voit pas trop. Il faut cinquante ans d'expériences partagées pour s'en rendre compte. Et je n'aurais certes pas ta grandeur d'âme, même si elle me paraît désespérée.

Il soupire enfin en se mettant en route :

- Allons... ils vont nous attendre.

Pierre se révèle un remarquable boute-en-train malgré la fatigue qui se lit dans ses gestes, Alain, imperturbable et chaleureux, lui donne la réplique avec bonne humeur, et ne semble pas s'étonner de l'air songeur de son hôte. Il se tourne vers Clara avec un intérêt vrai et généreux qu'elle apprécie. En deux heures, ils se sont découvert de nombreux points communs, et parlent peinture avec passion. René s'est éloigné discrètement, seul Pierre l'a suivi des yeux, il a entendu madame Mo parler dans le corridor, puis René est sorti. Quand il revient, il a l'air préoccupé, mais se met enfin à leur diapason.

Au creux de la nuit, ils ont regagné la bibliothèque. Alain et Clara ont tiré deux fauteuils devant le feu et fixent les flammes.
Pierre s'est effondré dans la chauffeuse en maudissant ses vertèbres, il parle avec René, doucement. Ils posent souvent les yeux sur les deux têtes appuyées au dossier de leur siège, châtain châtaigne et châtain clair.

Les livres écrivent le long des murs une histoire simple et régulière, plongés dans une pénombre tranquille que les lampes respectent, le pouls du cartel bat paisiblement, le feu réveille par éclats le sombre du piano, la porte est close.
C'est un temps retenu où les âmes se reposent en elles-mêmes, touchées de quelque grâce qui les ramène en leur origine et les unifie.

René est allé au piano, il dessine des phrases paisibles pour nourrir le silence, qu'il atténue jusqu'au soupir.

Alain a relevé la tête, il écoute, il murmure à l'adresse de Clara : il parle, et quand elle a un regard de surprise, il sourit, précise : il improvise.
Il hésite, puis il continue tranquillement :
        - Je l'ai rencontré il y a dix ans, ou un peu plus, je commençais à être connu... il m'a ouvert toutes les portes, pas celles des expos, les miennes, celles qui étaient à l'intérieur de moi. Je cherchais quelque chose que je ne trouvais pas, et il est venu. On peut appeler ça un hasard...

Il chuchote presque. Elle doit prêter l'oreille pour comprendre.
        - ...il m'a déjà parlé de toi... maintenant, il parle encore de toi... j'aime cet homme plus que mon père... est-il possible que nous devenions amis ?

Il ne la regarde pas, il laisse le silence couler entre eux, que la musique épouse.
        - Tu n'es pas troublée, tu es rare, je l'ai su en te voyant. Nous n'avons pas de temps pour le mensonge... Pouvons-nous être amis pour l'amour de lui ?

Elle se tait. Il l'entend respirer avec la musique.
        - Il m'avait dit que tu serais ici...
Il a encore baissé la voix.
        - ...Clara, il est plus qu'un ami et il a besoin de mon aide. Pouvons-nous être amis vraiment, en un soir, par amour ?

Il s'est tourné vers elle. Elle croise un regard attentif, se trouble soudain, se détourne avec un peu d'embarras, revient à lui qui attend, et se reprend avec humour dans un geste d'acquiescement mâtiné d'un haussement d'épaule impuissant :

- On peut essayer.

Il rit doucement, appuie sa nuque au coussin du fauteuil, répond :

- On va essayer.

Satie s'est invité sans hâte, comme une conclusion. Au bout de la musique, Alain se lève, va au piano, quelque chose se passe que les autres ignorent, puis le plus jeune pose sa main un instant sur l'épaule du plus âgé, se penche, lui murmure quelques mots qui le font sourire.

Clara s'étire et souhaite à tous le bonsoir.

Il a fallu insister pour que Pierre veuille bien dormir là, mais il est tard et son dos le fait souffrir, il a fini par céder.

Alain et René sont restés seuls près du feu. Ils ont échangé leur silence comme ils en ont coutume quand ils se retrouvent et que la nuit s'avance. Il n'est plus l'heure des mots. Pourtant, Alain a posé une question :

- Comment fais-tu pour être aussi fort ?

René a répondu :
        - Je suis faible et je le sais.

Clara s'est éveillée avec les oiseaux. Elle est restée à rêver encore un peu, laissant son regard errer sur le pâle des murs et des poutres peintes, le sombre de l'armoire, les roses frêles qui soupirent sur la table, pétales après pétales, mourantes et parfumées. Elle entend les graviers de l'allée crisser, elle se glisse à la fenêtre... elle ne voit personne, juste une aurore frileuse qui touche le jardin de bleu et d'eau.

Elle frissonne, retourne se lover sous la couette, mais elle est trop réveillée, elle finit par se lever, se douche longuement, elle n'est bonne à rien avant sa douche matinale, elle fait rire tous ses amis parce qu'il n'y aurait qu'un torrent de montagne qu'elle s'y précipiterait pour s'éclaircir les idées. Sans prendre le temps de sécher ses cheveux qu'elle noue sommairement, elle descend sur la pointe des pieds, pousse la porte de la cuisine, et s'arrête net :
Pierre amène du café en clopinant avec une seule canne, René se brûle les doigts avec une galette, Alain, de son côté, prépare du thé. Ils sont

tellement absorbés par leur tâche qu'ils ne l'ont pas entendue.

Elle se moque légèrement, ils tournent la tête avec un bel ensemble, ce qui la fait rire vraiment tant ils forment un paysage inattendu.

- Moquez-vous, belle enfant ! Nous, nous ne paressons pas au lit !

René ajoute avec un sourire :

- Ni sous la douche.

Il s'approche, essuie du plat du pouce une goutte d'eau qui glisse sur son front, en profite pour lui baiser la joue en murmurant :

- Bonjour.

C'est presque le geste d'un amant. Pierre les observe avec un sourire bienveillant avant de tirer une chaise sur laquelle il se laisse tomber en soupirant. Alain esquisse une grimace comique :

- Pierre nous a sommés de nous mettre au travail. Nous avons obtempéré : il est armé.

L'intéressé brandit sa canne :

- Taisez-vous donc, galopin. Clara, toute belle, venez-vous asseoir près de moi, et laissons les jumeaux terminer l'ouvrage.

Il se penche en confidence :

- Ne vous préoccupez plus de ces surdoués, mon enfant. Que diriez-vous de m'accompagner tout à l'heure. Je vis dans un agréable appartement parisien, rien à voir avec ces grandes maisons inconfortables, je fais un excellent café, le plaisir de ma compagnie vous comblera et je n'ai aucun piano, je vous le promets.

Elle rit, rétorque :

- Vous ne me supporteriez pas longtemps, j'ai un caractère épouvantable.

- Mais je vous câlinerais si bien que vous en seriez transformée...

- Que dois-je entendre ?

Il prend l'air coquin.

- Préféreriez-vous le mot cajoler ?

Elle sent les regards amusés posés sur eux, se dérobe :

- René a raison, vous êtes un redoutable séducteur.

- L'esprit, mon enfant, l'esprit, il fait tout pardonner, même un physique disgracieux.

Il lui lance un coup d'œil pétillant de malice

- Il est vrai qu'un esprit brillant dans un corps d'athlète... prenez cet Alain, ne dirait-on pas qu'il est comblé des dieux, et pourtant, considérez que c'est moi que vous écoutez, oublieuse de ce superbe spécimen d'humanité qui essaie désespérément d'attirer votre attention afin de savoir si vous désirez du thé ou du café, et ce depuis au moins deux minutes...

Elle sursaute. Tout proche d'elle, Alain attend effectivement, la cafetière dans une main et la théière dans l'autre, en riant à pleine dents.

Elle s'excuse, confuse, rougit en surprenant la tendresse du regard de René, bredouille en désignant la cafetière dans l'hilarité générale.

- Si vous vous y mettez tous, je ne m'en sortirai pas !

- Mais nous ne voulons pas que vous vous nous échappiez ! Puisque, à cause de vous, j'ai dû passer la nuit ici, le moins que vous puissiez faire est d'accepter de bonne grâce que nous repaissions de votre émoi.

Elle a du mal à reprendre son souffle tant elle rit :

- À cause de moi ?

- Mais oui, je ne pouvais pas vous laisser seule aux prises avec ces deux individus, il vous fallait bien un chaperon.

Il ajoute avec douceur, et pour elle seule :

- Vos beaux yeux pourraient leur faire commettre bien des sottises.

Derrière les lunettes brillent en mélange humour et compréhension. Elle baisse la tête, avale une gorgée de café pour reprendre contenance, reçoit des mains de René une part de galette chaude qui ruisselle de miel...

C'est Pierre qui a mis fin au plaisir qu'ils avaient d'être ensemble. Il a adressé à Clara un sourire clandestin :

- Il faut que je parte, à mon grand regret. Ma chère enfant, je repartirai seul puisque votre plaisir est ici, mais j'espère vous revoir bientôt. Prenez bien soin de vous...

Il sort enfin, suivi de René qui ferme la porte derrière eux, exactement.

Alain sourit :

- Quel homme attachant. Si nous sommes encore ici à la fin de la semaine, nous le reverrons, il doit revenir samedi. Je dois avouer que j'aimerais le revoir.

Clara s'est retournée, surprise :

- Je croyais que tu ne restais qu'une nuit !
Elle a buté sur le tutoiement, comme si le fait d'être seule avec lui en renforçait l'intimité. Il éclate de rire.

- Merci de ta franchise !
Elle sourit, confuse :

- Pardonne-moi.

- René m'a demandé de rester cette semaine. Il a du travail, je pourrai lui donner un coup de main.

Il réfléchit, reprend :

- Il y a tout de même quelque chose qui m'échappe. Au téléphone, quand je lui ai demandé si je pouvais venir, il m'a dit que tu étais ici.

Il hésite.

- Je sais depuis longtemps que tu le touches et qu'il te garde à distance, je l'ai su peut-être avant lui, il pensait en terme d'amitié, et je suis sûr qu'il le croyait.
Il pose les bols qu'il tenait, s'appuie au buffet :

- J'ai dit que je ne resterais pas. Je ne voulais pas vous déranger, mais il a insisté. Il n'a pas eu trop de mal à me décider, je le reconnais.

Il se tait, la regarde.

     - Il ne fait jamais rien par hasard, non plus que par calcul. Il obéit à autre chose, une impulsion, une intuition... il n'en sait rien lui-même, on en a parlé souvent. Ce que je ne sais pas, c'est s'il a réagi uniquement par rapport à lui-même ou s'il a répondu à l'un de ces mouvements. C'est ça qu'il faudrait discerner.
Elle réfléchit :
     - Pourquoi ?
     - Parce que je ne sais pas s'il a besoin d'être sauvé de lui-même ou s'il a raison.
Elle s'étonne à peine. Ils sont de la même race tous les deux, elle reconnaît cette façon de prendre les raccourcis et de faire face sans atermoyer aux propositions de la vie. Tout à coup, elle se rend compte que ce n'est pas facile : ce qui construit ceux qui les approchent les place constamment en face d'eux-mêmes et de leur responsabilité.
Elle croise et décroise ses doigts machinalement.
     - Je poserais un tel problème ?
Il rit, s'approche, lui prend les mains :
     - Tu n'y es pour rien. Tu as des yeux à damner un saint, tu mélanges la douceur, la force et la fragilité, quel homme ne rêverait de t'apprivoiser ! Moi le premier, peut-être ! Et tu as cette capacité rare de pouvoir tout entendre de quelqu'un que tu connais à peine sans te formaliser. Tes patients ne doivent pas s'en remettre !

- Gynécologie obstétrique, mes patientes n'ont pas ce problème-là.

Elle a parlé avec lassitude. Il n'insiste pas, réprime un soudain désir de la consoler d'un geste de tendresse, recule et murmure :

- Je le comprends.

Puis, plus haut :

- Il est temps de se rendre utile, je crois qu'ils descendent.

A ce moment, quelqu'un frappe à la porte. C'est madame Mo. Elle dit simplement :

- Clara, je crois que la petite du studio a besoin d'aide. Pouvez-vous venir ?

Elle est sortie sans attendre. Sous le porche, elle devine la silhouette d'un homme, et une ombre rencognée derrière la porte. Chris est là, tournée vers le mur, qui pleure sans retenue en frappant son front contre la pierre malgré une main attentive. Le passant explique qu'elle est ainsi depuis qu'il l'a trouvée recroquevillée au pied d'un arbre, à croire qu'elle voulait s'y fondre, il l'a raccompagnée ici, il dit cela avec une douceur surprenante, il ajoute : elle a besoin de temps, et cela sonne comme un appel aux oreilles de Clara, puis il s'en va après une pression encourageante sur l'épaule de Chris. Quand il a retiré la main, elle s'est figée, puis a sombré dans des sanglots incoercibles.

Clara la touche doucement, berce sa douleur de mots sans importance, mais quand elle tente de l'éloigner du mur, Chris éclate :
- Foutez-moi la paix !
Elle a crié, salive aux dents, rauque. Elle s'écarte avec violence, brosse ses larmes d'un geste rageur, traverse la cour à grands pas pour butter contre sa

porte close. Elle jure, ne trouve pas ses clefs parce que l'exaspération fait de son sac une oubliette, alors elle le balance contre le mur avec un emportement désespéré, et se laisse tomber sur les marches en sanglotant. Clara s'est approchée. Elle s'assoit sur l'escalier, veillant, cette fois, à garder ses distances. Elle se tait.

Après un temps, les sanglots s'apaisent, elle ne voit que des cheveux mousseux qui tressaillent périodiquement. Elle ramasse doucement le sac qui gît à ses pieds, réunit les objets qui s'en sont échappés, remarque des résultats de laboratoire. Elle regarde la jeune fille, le papier froissé, le range tranquillement sans plus s'attarder. Elle a retrouvé les clefs, les tend à Chris qui vient enfin de relever la tête.

- Tiens, les voilà.

Chris les prend sans un mot, vaincue.

- Ça ira ?

Un grognement lui répond.

- Je peux faire quelque chose ?

Les larmes débordent à nouveau. Elle marmonne des paroles informes, s'enroue, répète plus clairement :

- Rien.

Clara se tait. Elle attend. Chris ajoute après un temps :

- Je sais ce qu'il faut faire.

Elle garde les poings crispés entre les genoux, elle a un air traqué qui bouleverse Clara, elle a déjà vu ce regard piégé, et l'imperceptible balancement qui revient, débordant avec une grimace enfantine dans de nouveaux pleurs. Cette fois, Clara tend la main, la pose légèrement sur les poings serrés, se penche et murmure :

    - Viens, ne reste pas là, tu seras mieux chez toi.

Anéantie, Chris obéit, Clara ouvre la porte en s'étonnant vaguement de trouver la pièce impeccablement rangée. Chris jette son sac sur le lit, tire une chaise, s'assied, et s'effondre sur la table, la tête sur les mains.

Clara s'assoit en face d'elle sans hésitation, et attend. Leur silence se prolonge en simplifiant les sons, elle entend le départ de Pierre, la voix pointue de Lili, le pas d'Alain qu'elle se surprend à reconnaître...

    Au bout d'un temps, Chris se redresse, la regarde pour la première fois en face et dit :
    - C'est positif.
Clara frémit. Elle craint la suite. Elle attend.
    - Je... je n'en veux pas !
C'est un cri.
Une enfant, c'est une enfant qui balbutie : je n'en veux pas... je ne peux pas... je ne peux pas... et qui se replie encore.

    Clara a respiré d'un coup, elle s'attendait à pire, le pire peut encore arriver, d'ailleurs, il est probable que les tests n'aient pas été faits, mais cette situation-ci peut être résolue d'une manière ou d'une autre.

Elle revoit tous ces visages trop jeunes qui se succèdent dans son bureau, la peur au ventre, comme Chris, la peur au ventre... Elle revoit en un éclair le visage de sa mère ravagé par la douleur. Elle a cillé, elle revient à Chris pose une main rassurante sur les cheveux de cendre, lui murmure à l'oreille des paroles tranquilles. Et quand la jeune fille enfin calmée s'appuie au dossier en soupirant, elle dit :

     - Tu sais, c'est toi qui choisis.

Chris lui lance un regard aigu :

     - C'est tout choisi.

     - Prends quand même le temps.

     - Le temps de quoi ?

     - Le temps de voir ce que tu choisis. Et puis je peux te renseigner, c'est mon métier.

     - Vous êtes psy ?

C'est presque un aboiement.

Clara retient un sourire.

     - Non. Gynéco. Je pratique les interruptions de grossesse à l'hôpital.

     - Ah... bon.

Un silence.

     - Alors expliquez-moi.

Clara hésite.

     - Là, je n'ai pas beaucoup de temps. Je peux revenir tout à l'heure ? Cet après-midi ?

Chris a serré les lèvres.

     - Je peux repasser chez toi vers deux heures,

si tu es d'accord.

    - Vous habitez chez René ?

    - Oui, pendant quelques jours. Nous nous sommes rencontrées, quand tu es arrivée.

    - Je me souviens.

Puis après un moment :

    - Je vous attendrai.

René s'est replié dans son bureau après le départ de Pierre. Il ne fait rien. Il ne peut pas. Il n'arrive même pas à penser de façon cohérente. Il reste là, accoudé à sa table, des photos étalées devant lui, inutiles. Il lui faudra pourtant bien choisir dans ce fatras de quoi illustrer son article.
Il soupire. Un grattement discret se fait entendre. Il se lève, va ouvrir, adresse à madame Mo un sourire fatigué :
        - Les bonsaïs vous attendaient.
        - Excusez-moi, j'étais occupée.
Il se rafraîchit au son de cette voix chantante, referme la porte derrière elle :
        - A vrai dire, c'est moi qui vous attendais.
Elle s'arrête, lui fait face :
        - Oui ?
        - J'ai besoin d'un avis.
Elle l'étudie tranquillement, attend qu'il poursuive. Il se détourne, va à la fenêtre, regarde la cour touchée de soleil sans la voir.
        - Je suis un vieux fou... Pierre pense que je ne sais plus où j'en suis. Il pense que je manipule la situation.

Il s'est retourné, elle se tait toujours, interrogative.

     - Il pense que je fais exprès de mettre Clara et Alain ensemble pour me protéger.

Il respire. Poser les choses en termes simples l'allège.

Elle tarde à répondre, finit par demander :

     - C'est vrai ?

     - Je n'en sais rien, je veux votre avis.

     - Je pense que vous avez besoin de quelqu'un.

Il hausse les sourcils.

Elle réfléchit, reprend soudain sans rapport apparent :

     - Vous savez, quand je suis arrivée ici, vous m'avez accueillie, hébergée, et puis quand je n'ai plus eu de larmes, vous m'avez offert ce travail. Je m'en souviens, c'était dans ce bureau. J'ai dit qu'il fallait essayer et vous avez attendu ma réponse avec patience. Quand j'ai dit oui, vous m'avez remerciée. Ça fait plus de quatre ans. Je vous ai vu accueillir et héberger d'autres gens, ils sont restés un peu, ou longtemps, et j'ai compris pourquoi ils repartaient meilleurs, vous voyez d'eux ce qu'on ne voit pas d'habitude, vous voyez le petit meilleur qu'ils sont, et vous voyez pourquoi le petit meilleur est caché. Et eux, ils se voient dans vos yeux.

Elle cherche ses mots à tâtons.

     - Moi, quand vous m'avez remerciée, je n'ai

pas compris. C'est vous qui donnez tout : c'est moi qui dois remercier. C'est ce que je croyais. Mais quand vous l'avez dit, vous m'avez redonné ma vie : je peux donner encore, je suis utile. Je pensais en rentrant chez moi, c'est chez moi, j'ai une vie, je ne dépends pas de lui puisqu'il me laisse choisir. Depuis que je suis en France, on ne m'a jamais dit merci, c'est moi qui dois quelque chose, et avec lui, je ne dois rien. Je pensais ça.

Elle réfléchit encore, poursuit :
      - C'est toujours vous qui dites merci. Je crois qu'il faut quelqu'un qui vous dise merci quand vous ne lui aurez rien donné, et même, quand vous aurez tout reçu de lui, parce que vous verrez dans ses yeux votre petit meilleur, et vous saurez qui vous êtes.
Elle ajoute :
      - Je crois que le seul qui soit capable de ça maintenant, c'est votre ami Alain.
      Elle a prononcé la dernière phrase dans sa langue. Il reste silencieux. Il la regarde. Il n'a pas compris la fin, il a juste saisi le nom, mais quelque chose s'est dénoué. Il dit merci, sourit, vous avez raison, c'est toujours moi qui dis merci, mais vous m'avez donné quelque chose. Elle répond à son sourire, prend le vaporisateur. Il est revenu à sa table, constate :
      - Je ne sais toujours pas où j'en suis, je crois que Pierre a raison.
Elle dit sans lever les yeux :

- Vous saurez.

Et puis corrige :

- Vous savez déjà, mais vous ne voyez pas.

Au retour, Clara se heurte à Miette.

- Vous n'avez pas vu madame Mo ?

- Non.

- Je voulais savoir si elle pouvait garder Lili, ce soir.

- Elle ne doit pas être loin.

Miette s'agite, soucieuse. Clara sourit :

- De toute façon, si c'est important, je peux la garder.

- C'est que...

Elle lance un regard de biais :

- Je l'aurais reprise que demain matin...

- Madame Mo est partie poster du courrier.

Elles ont sursauté, elles n'avaient pas entendu René arriver. Il scrute l'impatience de Miette :

- Aurais-tu décidé de mettre fin au calvaire de ce garçon ?

Elle a une embellie rêveuse.

- Je crois que j'ai plus envie de m'engueuler avec lui.

Venant d'elle, c'est presque une déclaration d'amour. Elle a un sourire timide :

- Tu crois que c'est possible ?

Clara contient un mouvement de gaieté, René, imperturbable, se penche, touche le visage peint d'une fine caresse, et répond, yeux soleil et sourire à faire fondre l'hiver :

- Bien sûr, si tu y mets du tien. Fais ta part, après, il aura la sienne à faire. Mais ça, tu n'y peux rien.

Elle insiste :

- Tu crois que lui...

- Je le trouve bien patient : tu lui mènes la vie dure.

- Et quand je suis pas d'accord ?

- Tu réfléchis avant de crier.

Elle est sérieuse.

- Bon.

Elle va tourner les talons quand elle se souvient :

- Pour Lili...

- Va dire à Léo que ça marche, pour cette fois.

Elle éclate de sourire et s'enfuit en le remerciant.

Léo ne saura jamais si Miette a cédé parce qu'il lui a proposé d'aller au cinéma, si l'entremise de Lili s'est révélée efficace, ou si elle a simplement changé d'avis. Pour l'instant, il fait les cent pas en espérant que rien ne vienne troubler ces bonnes dispositions. Il est heureux qu'elle ait fini de bouder, il lui est plus attaché qu'il ne le croyait. Il se raisonne, se dit que si elle ne vient pas, il la laissera tomber, mais reconnaît presque aussitôt qu'il en serait incapable. Le bond que fait son cœur en l'entendant revenir en courant le lui confirme. Il se retourne, prend un air d'indifférence, et quand Miette dit : ça marche, avec une insouciance trop parfaite pour n'être pas feinte, il répond :

- Bon.

Comme elle ne dit rien de plus, il s'enferre :

- Bon, ben...

Articule enfin :

- Je passe te prendre en sortant du boulot ?

- ... Si tu veux.

Ils restent un instant face à face, subitement frappés de mutisme, puis il s'approche enfin, l'embrasse sur les deux joues, dérape vers l'oreille, sent la moiteur de sa peau et son parfum acide, s'écarte vivement en maudissant sa sottise. Il se conduit comme un gamin à son premier rancart !

Elle le regarde partir. Elle regrette qu'il ne l'ait pas prise dans ses bras. Finalement, elle ne lui plaît peut-être pas, elle a eu tort de s'emporter, l'autre jour, dans le bar, parce qu'il ne comprenait pas qu'on puisse accepter de mettre au monde des enfants handicapés. Elle l'a injurié sans retenue au lieu de réfléchir. Elle se mord les lèvres, il faut qu'elle apprenne à tenir sa langue, et, aussi, elle n'aurait pas dû le faire attendre. René n'aurait pas fait ça. Du coup, elle pense à René. Elle trouve que Clara n'a pas à être ici. Il n'y a jamais eu de femmes à dormir dans la grande maison, ou alors des amies de René, des vraies, qui font le même travail que lui et ont au moins son âge. Ici, c'est pour les gens comme elle, Lili, ou Chris. Pas pour les gens comme Clara.

Pourtant, la perspective de la soirée la poussant à l'indulgence, elle admet que René ait eu envie de l'inviter, ça doit lui faire plaisir, et ce qui fait plaisir à René... Et puis il y a Alain... Il ne serait pas si vieux, il lui plairait bien... Pas autant que Léo, quand même. Elle en reste là de ses réflexions, s'assure que Lili est toujours occupée à traquer les lombrics, un grattoir à la main, et rentre chez elle pour trouver quelque chose de joli à mettre.

Lili a relevé la tête, elle a vu Léo et Miette, elle est contente qu'ils soient réconciliés. Et puis elle a attrapé un très grand ver de terre en faisant très attention de ne pas lui faire mal, elle a mis longtemps, mais maintenant elle le tient délicatement dans sa main, il la chatouille alors elle rit, elle le dépose doucement sur une petite place qu'elle a préparé entre deux touffes de jonquilles, et l'observe attentivement pour voir combien de temps il lui faudra pour s'enfoncer dans la terre ameublie.

A deux heures, Clara frappe à la porte du studio. Chris la fait entrer, hésite à refermer en voyant le soleil parce que la tiédeur incite vraiment à profiter du jour, mais un regard sur la cour l'en dissuade. Elle préfère l'intimité d'une pièce close.

Après un peu de silence, Clara pose des questions simples, Chris parle, elle répond d'abord brusquement, puis après quelques tâtonnements, elle se décontracte, s'adoucit. Clara effleure le mal sans s'attarder, écoute les bribes d'une histoire qu'elle connaît par cœur, elle l'a entendue cent fois, mais chaque fois elle est unique parce que la suite est trop difficile.

C'est tout simple : une fête un peu trop arrosée, un garçon avec lequel elle a dansé, il dansait bien, il la faisait rire. Son prénom ? Elle ne sait plus, elle a oublié vraiment, elle fronce les sourcils, cherche un peu, et soudain : pour quoi faire ? D'un coup elle bute, il faudra encore du temps avant qu'elle ne continue.
Elle est partie avec lui mais il avait trop bu, il

s'impatientait, et quand elle a parlé préservatif, il a ri, il s'est approché davantage, il riait, il sentait l'alcool, elle ne voulait plus mais il était trop grand, trop fort, et elle aussi avait bu. Elle ne voulait plus. C'est ça qu'elle retient. Elle insiste : depuis, elle est en colère. Cette colère l'a habitée pendant deux semaines. Et un jour, elle était seule dans la salle de bain, elle s'est vue dans la glace, elle se lavait, elle s'est vue, et d'un coup la peur, elle dit : la peur, et elle pose la main sur son ventre dans un geste inconscient.

Clara entend.

Chris dit : la colère est partie d'un seul coup, il y a eu la peur à la place, comme un poing... Le sida ? Elle n'y a pas pensé, on ne meurt pas à dix-sept ans, elle ne pouvait pas y penser, elle balaie la question d'un revers d'épaule. Mais la peur d'être enceinte l'a taraudée jusqu'à ce matin où elle est passée au laboratoire pour chercher les résultats de la prise de sang, elle tremblait des pieds à la tête, et puis le papier qu'elle n'a lu que dehors, elle a failli vomir, elle a marché, elle a couru, elle a vu un square où il n'y avait personne, elle s'est cachée derrière un arbre.

Elle oscille sur sa chaise, elle a noué les doigts si étroitement qu'ils en sont blancs, et quand Clara la rappelle, lui rappelle qu'il y a dans tous les cas une issue, elle relève la tête, arrachée d'elle-même, et crie :

- Je ne veux pas de cette chose à l'intérieur de moi !
Clara sourit :

- Je comprends.

Elle attend, elle laisse se poser un peu de silence, puis elle dit doucement que c'est son droit, qu'une femme peut accueillir la vie, ou la refuser si elle ne peut pas l'accepter. C'est ainsi, on ne peut pas toujours. Chris en reste coite. Clara a dit : une femme. Elle est donc une femme. C'est la première fois qu'on lui reconnaît sans combat le droit de décider d'elle-même et qu'on lui en reconnaît la capacité, alors qu'elle n'a gagné son émancipation qu'à force de rage.
Au bout d'un moment, elle demande :
- Pourquoi faites-vous ça.
- Ça ?
- Ce métier ?
Clara pèse sa réponse : elle est là, devant elle, cette question qu'elle esquive souvent, posée par une pas tout à fait femme qui la dévisage. Elle pourrait se dérober encore, elle l'a déjà fait en donnant des arguments classiques. Au lieu de cela, elle dit :
- Ma mère est morte quand j'avais dix ans parce qu'elle avait avorté.
Elle a parlé si simplement que Chris s'étonne :
- Et vous le dites comme ça ?
Clara sourit :
- Comment veux-tu le dire ?
- Je ne sais pas. Je crois que je ne le dirais pas.
- Je te l'ai dit, à toi.
- Pourquoi à moi ?
- Parce que ma mère aussi se tapait la tête contre

un mur en criant qu'elle ne voulait pas cette chose dans son ventre.

Elles se taisent. Puis Clara poursuit tranquillement : à ce moment-là, ils étaient trop pauvres, sa mère était à bout de forces, elle avait un mari qui la battait pour jouir d'elle et lui faisait des enfants parce qu'il refusait de retenir son plaisir, alors elle a essayé d'enlever le dernier toute seule, on disait faire passer, elle a presque réussi. Elle avait vingt-huit ans. Ce que Clara ne dit pas, c'est qu'elle était là tout le temps, elle a vu tout, le sang, la souffrance insoutenable, tant dans le corps que dans l'esprit, elle a essuyé le sang, elle a essuyé ce visage ravagé, et une semaine plus tard elle a fermé les yeux de sa mère, elle était l'aînée, une dernière fois elle a embrassé sa joue, son père était ivre, il s'est pendu trois jours plus tard. Elle ne le dit pas. Elle dit seulement que le jour où sa mère est morte, elle s'est promis d'être médecin, elle s'est promis qu'elle aiderait les femmes à vivre et à mettre au monde des enfants vivants. Elle l'a fait. Mais quand la loi a changé, elle a dit oui, elle a accepté le choix des femmes parce qu'elle a revu le visage de sa mère quand elle frappait son front contre la pierre.

Elle sourit encore quand Chris demande :
- Vous avez des enfants ?
- Non.
- Pourquoi ?

- Parce que je n'ai pas rencontré leur père.

Chris sourit à son tour. Elle réfléchit, demande encore :

- Et vous avez déjà...

- Refusé un enfant ?

- Oui.

- Non. Du moins pas de cette façon. Il y a de bons moyens de contraception. Si tu veux, nous en parlerons plus tard.

Elle a répondu doucement. Chris joue avec sa tasse, hésite, et puis dit merci. C'est un peu raide, mais elle est sincère. Elle hésite encore, finit par interroger :

- Il faut faire comment ?

- Je te propose... je te propose quelque chose : tu as le temps, tu peux facilement remettre ta décision pendant dix jours. C'est le temps de vacances qui me reste. Je te propose de passer ce temps-là à reprendre des forces et calmer le jeu. Tu sais que si tu ne peux pas garder ce petit, ça ne posera pas de problème, et si quelque chose te fais penser que tu pourrais l'accueillir, je peux t'assurer qu'il y a des solutions pour que tu puisses le mettre au monde dans la joie.

Chris soupire. Elle veut bien attendre un peu, elle ne se sent pas capable de faire face maintenant.

- Ça n'a pas d'importance ?

- D'attendre un peu ?

- Oui.

- Je crois que ça en vaut le coût.

Et puis quand Clara la quitte enfin alors que le soir tombe :

    - Ça fait mal ?

    - Non.

    Tandis qu'elle s'éloigne, Clara est songeuse. Elle n'a jamais enfanté, elle en a un regret léger, mais vraiment, elle n'a jamais rencontré le père de ses enfants et elle ne voulait pas d'enfant sans père. Elle en a vu trop souvent. Elle a trop vu d'enfants sans mère, aussi, qui n'ont pas vécu. La vie n'était pas pour eux parce que personne n'a pu la leur donner... c'est ainsi. Personne n'a pu ou personne n'a su... et elle en a tant vu, de ces femmes, saigner au dedans d'elles le refus de la vie et dire merci tout en même temps...

- Ça fait mal ?

- Pas comme tu crois, enfant, pas comme tu crois...

Ils se sont enfin retrouvés près du feu. Eux : René, Clara, Alain. Ils n'ont pas eu à s'occuper de Lili, madame Mo s'en est chargée. La fatigue pèse. Alain est resté devant l'ordinateur jusqu'à la nuit avancée, Clara est lourde du passé, René a travaillé durant tout l'après-midi pour terminer son article qu'il a enfin envoyé. Ensuite, il est monté dans sa chambre, il s'est assis près de la fenêtre, il s'est laissé couler au fond de son silence, et posément, résolument, il s'est dévêtu de lui-même, manque après manque, pour visiter son âme. Il a rencontré une détresse qu'il ignorait, de la douleur, forte, il en a frémi, et un désert blanc et lumineux où s'attardait Clara.

Quand il est redescendu, elle le cherchait.

Ils sont donc tous les trois près de feu.

    - Chris va mieux ?

C'est René qui a parlé. Clara hoche la tête, elle se redresse, soupire, répond plus clairement :

    - Oui, ça ira, elle s'en tirera. Elle a du caractère.

    - Peut-être trop.

- Ma foi, j'en ai peur, mais c'est utile. Je lui ai promis dix jours de tranquillité, c'est possible ?

- Elle reste le temps qu'elle veut. On régularisera si elle reste plus d'un mois. Pour l'instant, j'ai calmé les bonnes volontés.

Il rit doucement :

- Personne n'ose faire de remarque quand je demande la paix pour ceux qui passent ici.

Clara plaisante mollement :

- Ils te connaissent, ils savent bien que dans tous les cas, tu n'en fais qu'à ta tête...

Alain complète :

- Et que tu es tout à fait capable de les planter là et d'héberger qui tu veux à titre amical.

Il attrape sa tasse, constate qu'elle est vide, se lève avec une grimace :

- Je vais refaire du thé. Qui en veut ?

Les deux autres lèvent la main avec un ensemble qui les fait rire. Clara baille :

- Je crois que je ne vais pas traîner. A moins que le thé ne me réveille suffisamment.

René s'est levé quand Alain a quitté la pièce, il se rend au piano.

- Tu n'es pas fatigué ?

- Si. Mais je suis trop paresseux pour aller à côté mettre de la musique. Le piano est moins loin.

Il s'amuse de ce qu'elle se tord le cou pour le voir.

- Si tu bouges ce fauteuil, tu t'éviteras un torticolis.

Il ouvre l'instrument, effleure les touches,

demande :

- Tu as envie de quoi ?

- Je ne sais pas...

- Tu as envie de qui ?

Elle serre les lèvres sur une badinerie qu'il saisit malgré tout :

- D'accord, c'était mal choisi. Je parlais du compositeur.

- De toi.

Il hausse un sourcil comique, salue, s'informe :

- Comme compositeur ?

- Et quoi d'autre !

- Bien, alors tu vas m'avoir.

Alain rentrait à cet instant. Son expression les faire rire aux éclats. Il subit leur hilarité de bonne grâce, pose la théière sur la table, ose :

- Ainsi, elle t'a eu ?

René sourit :

- Ainsi elle m'a !

Il glisse quelques notes, en choisit une, la répète, l'intensifie jusqu'à l'insupportable, et brusquement la fait sombrer dans un jazz chatoyant qu'il interrompt aussi brutalement qu'il l'a fait jaillir. Il se moque, décidément, il est très mauvais quand il s'agit de jazz, reprend la même note, mais cette fois l'épure de phrases simples, transparentes jusqu'au dépouillement, qui les plonge dans un silence lisse. Clara s'est abandonnée dans la chauffeuse, il ne voit plus d'elle que les plis de son châle, blanc comme les sables d'un désert, qu'il étreint de musique.

Alain s'est adossé à la cheminée, il finit par appuyer la tête au manteau. Il a fermé les yeux. Il écoute son ami, son plus que père, qui irrigue une femme nue comme un désert. Il se dit qu'elle fleurira. Un désert irrigué ne peut que fleurir, c'est l'ordre des choses...

Il soupire. Cet homme qui parle le langage des anges le trouble, il ne comprend plus, il ne voit rien d'autre qu'un désert blanc et de grands lys qui croissent autour d'un puits d'eau blonde. Et soudain le visage de Clara, tout proche, derrière ses paupières closes.

Il a rouvert les yeux d'un coup. Clara dort. Il rencontre soudain le regard de René, intense, il en est brûlé, il ne se détourne pas, il reçoit. Ça n'a duré qu'un instant, il hésite presque à y croire, René est revenu à son clavier et mêle des harmonies légères qui bercent le sommeil de Clara.
Alain se sent fort, tout à coup, de quelque certitude. Il ne sait pas ce qu'il sait, mais il sait, alors il s'écarte de la cheminée, va chercher une couverture dans le bureau, recouvre Clara avec tendresse.
René éteint quelques notes fines, referme le piano sans bruit, et quitte la pièce lentement.

Quand Clara s'est réveillée, elle met quelques instants à reprendre ses esprits. La pièce est plongée dans une obscurité tiède que seul le feu troue. Elle voit enfin Alain, immobile, qui fixe les flammes. Elle rejette la couverture et se retire avec un geste indéfini.

Il n'a pas bougé.

Quand Miette et Léo sont revenus du cinéma, ils sont passés par le jardin en évitant le gravier des allées pour ne pas faire de bruit. C'est Miette qui a insisté. Ils auraient pu rentrer par la porte du pavillon qui donne sur la rue, d'habitude, c'est ce qu'elle fait, mais ça n'aurait pas été pareil, elle ne sait pas trop pourquoi.

Dans la grande maison, tout est éteint, ils devinent seulement la lueur du feu derrière la fenêtre de la bibliothèque.
Miette marche en avant, découvrant le plaisir clandestin de se cacher de ceux que l'on aime pour savourer la secrète amour, sans voir qu'elle fait ainsi que dans une famille.
Léo la suit en silence, trébuchant parfois contre un invisible obstacle, inquiet de ce que René pourrait les surprendre.
Il ne pensait pas qu'elle le ferait entrer. Quand elle a dit : tu viens ? Comme si ça n'avait pas d'importance, il a dit oui avec une crainte vague. Il a appris la prudence, il se méfie de tout, ose à peine parler, hésite à la toucher tant il est incertain de la

façon dont elle va le recevoir. Il n'a jamais rencontré une fille aussi imprévisible : ce soir, elle est arrivée sans maquillage, il lui a vu le visage nu et il ne s'y attendait pas, il en est resté saisi. Toutes les fois qu'il pose les yeux sur elle, il a l'impression qu'elle est nue tout à fait, alors il ne sait plus que dire, d'autant qu'elle porte sous son blouson masculin un pull moulant et décolleté qui provoquerait un saint.

Ils sont arrivés à sa porte. Elle ouvre, allume, hésite, puis murmure : entre, en s'écartant. Elle ne voudrait pas qu'il croie qu'elle en a l'habitude. Elle voudrait que ce soit autrement.
Ils sont plusieurs à avoir traversé son lit, nombreux, non, mais plusieurs, c'est certain; ils passaient par l'autre porte, eux, mais elle ne peut pas le lui dire comme ça. Elle est souvent revenue du cinéma avec un garçon plaisant, elle en convient, tout était bien plus simple, déshabillage, etc., (elle a pensé etc. avec un haussement d'épaule intérieur), et puis c'est tout, il repart. Personne, jamais, ne dort avec elle, Lili pourrait s'en apercevoir, et elle ne veut pas. Alors, maintenant, elle ne sait pas trop comment faire. Elle finit par déposer son blouson sur l'unique fauteuil, lui, attend, non pas indécis mais circonspect, et le cœur chamade.

Elle a sorti du frigo une bouteille de jus de fruit, parce qu'elle s'est bien promis de ne pas boire d'alcool, elle pose deux verres sur la table, demande :

- Tu en veux ?

- Oui, je veux bien.

Et, soudain, il avançait pour prendre son verre, elle se retournait, trop proche, il a tendu la main, et au lieu de saisir le verre, il l'a attirée à lui, il a fait ployer le cou mince, il a fondu à la douceur de sa peau, il a fait les gestes de tous les hommes quand ils ont dans leurs bras la tiédeur d'une femme, il a cherché la tiédeur davantage, il voulait la peau nue, ils sont tombés sur le lit...

Il l'écarte brusquement :

- J'ai pas de capote.

Elle revient contre lui, chuchote :

- Je suis clean.

Lui aussi a fait les tests. Il le lui murmure, hésite à peine, finit de se dévêtir, lentement, il veut lui faire confiance, et s'il se trompe, il découvre tout à coup qu'il veut bien tout, et que ce n'est certainement pas parce qu'il la désire.

Un peu plus tard, c'est elle qui l'arrête d'une main sur le torse : elle ne prend pas la pilule, il est au bord d'elle, il répond après un temps d'un geste simple et profond, elle retient son souffle, il habite en elle, retient son impatience comme il ne l'a jamais fait, pour la première fois il ne cherche pas le plaisir pour lui, c'est autrement, ce soir. Elle parle encore, et si... il dit : la ferme, doucement, il se sent fort, d'un coup, et elle dit oui, elle se blottit, et elle se donne encore, elle ouvre soudain des yeux agrandis, elle s'égare, et se dévoile enfin pour lui le fin mélange d'un jouir qu'il ignorait et qui le déborde.

Madame Mo a gardé Lili toute la matinée, la distrayant de sa mère parce qu'au cœur de la nuit des pas furtifs l'ont éveillée, elle a souri de voir Miette contrevenir ainsi à ses propres règles qui veulent que les hommes restent extérieurs à la vie de la maisonnée. Elle sourit encore avec indulgence en voyant Léo traverser le jardin en courant, vers onze heures, affolé de son retard, et quand elle croise Miette, un peu plus tard, elle dit gentiment :
- Il va falloir acheter un réveil.
Miette est toute chaude de joie et presque intimidée quand elle répond :
    - Je ne sais pas...
Puis elle sourit, éclatante :
    - Je crois que je vais le faire.

Lili a vu Léo qui partait en courant. Elle ne l'avait pas vu arriver, alors elle réfléchit, puis elle sourit. Elle aime bien Léo, décidément, elle aime bien que Miette aime bien Léo. Elle aimerait que Léo reste avec elles parce qu'elle aurait un papa.

L'idée d'avoir un papa qui se sauve tous les matins en courant, mal rasé et tellement long, la fait rire toute seule. Elle se met à danser en agitant les mains vers les oiseaux : j'ai un papa épouvantail ! Sous le regard de Madame Mo émerveillée parce qu'il y a toujours une place sur la terre pour la danse des enfants.

Elles ne sont pas seules à avoir remarqué la fuite de Léo. René rentrait en voiture, et l'a évité de justesse, et Clara, qui rafraîchissait un grand bouquet sur le perron, n'a pu contenir son rire à le voir s'habiller à la hâte sur le pas de la porte en embrassant une Miette visiblement amoureuse.
René la rejoint un peu plus tard, alors qu'elle dispose les fleurs près de l'une des hautes fenêtres de la bibliothèque. Elle ne l'entend pas. Il l'observe pendant un moment, appuyé au piano, finit par murmurer son nom, très bas.
Elle se retourne, elle est à contre-jour, toute auréolée du soleil de printemps.
        - Alain t'attend.
        - J'y vais.
Elle s'est avancée en parlant. Il remarque soudain sa pâleur.
        - Quelque chose ne va pas ?
        - J'ai mal dormi.
Comme il se tait, elle esquisse un sourire maigre :
        - J'ai fait des cauchemars. On ne se débarrasse pas de son passé comme ça.
Il fronce les sourcils, devine :

- C'est en rapport avec la jeune Chris ?

- Plus ou moins, c'est surtout moi qui renâcle.

Elle baisse les yeux, poursuit avec fatigue :

- J'en ai assez. Peut-être de moi. Peut-être de mes actes. Peut-être... je n'en peux plus de ce qui n'est pas mon métier. J'aime la vie, recevoir la vie, aider la vie... bien sûr, on peut dire que je le fais, bien sûr, ma mère serait vivante, bien sûr...

Elle dévisage des souvenirs trop lourds pour elle, ils ne sont pas lourds d'elle, mais du poids des vies qu'elle a croisées. Il en reste la trace, comme ces ornières profondes qui creusent les chemins au passage des engins d'exploitation, dans le secret des forêts.

René la regarde, le soleil est venu toucher ses cheveux et à nouveau la nimbe d'or. Il la découvre autre, femme, héritière de la vie, offerte et féconde, et il frémit : le trop de lumière voile son visage, il est d'ombre claire, femme éclipse un instant, pour lui, qui tient dans ses mains douces la mort et la vie tout ensemble; il pense soudain à cette couronne solaire qui échappe au regard, il lui faut un voile d'ombre, et il frémit encore à la révélation de cette vocation de la femme pour la vie jaillissante, et de ce qu'elle pourrait y manquer, aveuglée, perdue, comme Icare.

Elle s'est tournée un peu, elle est Clara à nouveau, soucieuse, vraie, et désolée. Il est bouleversé de sa simplicité, de sa faiblesse, et de la toute-puissance de sa connivence avec le vivant.

    - La maîtrise de la fécondité est possible, et ça semble un leurre...
Elle a parlé pour elle-même. Après un peu de silence, elle se redresse, croise le regard patient, sourit avec un courage nouveau :

    - Ma vaillance est revenue. Chris m'a réveillée. Je vais m'appliquer à ce que le choix soit possiblement vrai, pour elle et pour chacune, selon son histoire.

    - Madame Mo m'avait dit qu'elle devait être enceinte.

    - Comment le savait-elle ?

    - Je ne sais pas. Elle a parlé de violence.

    - On peut parler de violence. La hâte des jeunes gens à prendre leur plaisir même si leur partenaire change d'avis est une violence. La hâte des autres aussi, d'ailleurs.
Sa vivacité est revenue. Le rire affleure :

    - On peut rêver d'un monde attentif à son prochain !
Il prend un air d'humilité souriante :

    - Suis-je assez attentif à ma prochaine ?
Elle fait mine de réfléchir :

    - Je pourrais dire oui si tu n'en profitais pour t'abstenir de besogner avec ton ami sur l'ordinateur !
Elle remarque avec un fin sourire :

    - Mais dans le contexte de ma réflexion, je n'en sais rien.

Un temps, un rire gai :

- Pourtant, à te connaître, je dirais oui ?

Il s'incline comiquement :

- Merci. Je suis flatté mais je vais travailler, je ne peux donc pas confirmer cette bonne impression. Et... l'endroit est passant.

Lili les observe, suspendue à la poignée de la porte. Elle explique :

- C'était pas fermé.

Elle les regarde avec un grand sourire, annonce :

- Léo, il a dormi chez moi !

René lui sourit avec gentillesse :

- Et qu'en penses-tu ?

- Je l'aime bien.

Elle se tait, fronce les sourcils, interroge enfin :

- Tu crois que maman voudra encore lui parler ?

- Pourquoi est-ce que tu me demandes ça ?

- Parce que la dernière fois que j'ai dormi chez madame Mo, maman voulait plus lui parler.

- Je crois que cette fois, c'est différent. Mais je ne peux pas te dire s'ils vont se parler tout le temps. On verra.

La petite fait la grimace :

- On verra.

Elle ajoute en se balançant à la poignée :

- Mais j'aimerais bien que Léo soit mon papa.

Puis elle se sauve en courant.

Clara sourit :

- Tu es le sage de cette maison, tout le monde s'adresse à toi.

- Je ne suis pas sage, mais j'ai l'âge qui convient. Et c'est réconfortant d'être utile à une jeune personne.

- Utile, c'est à voir, mais nécessaire, c'est certain.

Elle attend un instant, ajoute :

- Je croyais que tu avais du travail ?

Il jette un coup d'œil au cartel, remarque :

- Si c'est toi qui es de corvée de cuisine, il faudrait peut-être bouger.

Elle rétorque, plaisante :

- Finalement, je ne suis pas sûre que ces vacances aient été une bonne idée... je vais peut-être demander une rémunération.

- Et le privilège d'approcher des êtres d'exceptions dans un cadre privilégié, d'écouter un artiste doublé d'un distingué paléo-microbiologiste, de côtoyer un peintre qui expose sur deux continents et qui a de surcroît un réel talent culinaire dépassant largement le cadre de la pizza, qu'en fais-tu ?

Elle rit, secoue la tête en signe d'impuissance :

- Je me rends ! Je vais faire à manger. Si tu acceptes d'ingurgiter ma tambouille.

Il se fait vraiment tendre :

- J'aime ta tambouille.

Et tourne les talons.

Elle le suit plus lentement, souriante, parce que René a enfin l'air détendu.

Les jours suivants ont coulé comme du sable, ils ne sauraient en dire le nombre parce qu'il semble que le temps se soit unifié, chaque geste prend une place apaisée. Léo passe matin et soir, mange avec Miette et Lili, raconte des histoires puisées à la mémoire de ses ancêtres et qu'il croyait oubliées, repart à regret en traversant le jardin. La porte de la rue ne sert plus.

Madame Mo veille, Chris vient la rejoindre, elle parle, elle dit sa vie, brutalement, et madame Mo écoute, répond parfois d'un mot, remercie doucement quand Chris l'aide à pendre le linge, à désherber une allée. Madame Mo est contagieuse de sérénité, ses gestes construisent un espace nouveau, la jeune fille, déroutée, peut alors prendre du repos, tout a une solution, le choix devient possible.

Dans la grande maison, ils respirent ces temps comme un parfum. Leurs souffles se croisent du petit jour au milieu de la nuit, la musique nourrit le matin et le soir, leurs rires s'accordent, leurs regards se nouent au moment des repas, le silence les accompagne tout le restant du jour. Ils ne sortent pas, si ce n'est pour toucher le soleil dans le jardin ou traverser la cour. Les ruelles sont des fleuves qu'ils ne traversent pas. Curieusement, le téléphone se tait, personne ne passe, et c'est bien. Alain travaille sans hâte à mettre de l'ordre dans les notes de René, Clara s'occupe de la maison, madame Mo en est vacante à son tour car seuls les bonsaïs requièrent sa présence. Et René...

René, patiemment, se dévêt de lui-même. Il en est souriant, l'humour à fleur d'esprit, libre de ses gestes, il rit et plaisante, pose sa main sur Clara avec une tendresse qui redevient naïve, découvre enfin la douceur de sa peau et ce parfum léger qui ne doit rien aux artifices, Clara sent bon, c'est sa nature. Il la regarde monter l'escalier, attarde un œil pur au galbe de ses hanches parce qu'elle est belle, le printemps nouveau lui donne un mouvement gracieux qu'elle ignore, il l'écoute discuter avec Alain, et il les aime.

Alain l'a remarqué. Il l'envie. Il se sent lourd, soudain, de cette certitude dont il ne connaît pas la source. Alors il travaille, prépare des crêpes que garnit Clara, s'amuse avec René de quelque plaisanterie, s'occupe du feu... Et quand son ami se met au piano, il s'adosse à la cheminée et comprend en regardant Clara se lover dans la chauffeuse et abandonner sa tête au coussin, que pour lui rien ne sera plus pareil. Il y aura un avant et un après ces jours dont il ne connaît pas le nombre. René, à ce moment, relève les yeux et lui sourit, yeux soleil et ironie légère, comme s'il détenait le secret de sa vie.

Ce qu'Alain ne peut deviner, c'est ce patient travail, cet ouvrage singulier que son ami a entrepris, pas à pas. Il est entré dans son désert assuré d'y rencontrer sa vie, pénétrant inlassablement son souffle, dénudant ses mensonges un à un, attentivement, et s'il en a trouvé plus de légèreté dans le mouvement du jour, madame Mo est seule à voir ce regard affûté, cette droiture nouvelle et puissante qu'il ne lui dissimule pas. Quand elle entre dans le bureau, il est souvent près des arbres à les regarder vivre, il lui sourit et l'accueille d'un mot gentil, s'écarte pour lui laisser la place. Il est différent, il le sent bien, mais il ne comprend pas pourquoi. C'est peut-être ce profond silence qui est en lui et qui le vivifie. Quelquefois, ils parlent ensemble. Elle lui dit son pays, elle lui dit ce qu'elle a appris de la guerre, ça, c'est tout simple, la haine est passagère et tellement inutile, ce qui, un jour, est important au point de tuer, n'est un peu plus tard que poussière dans le vent. Comment ne pas le voir ? Comment refuser d'apprendre ce que dit chaque jour la poussière dans les rais du soleil ? Il n'est pas besoin de parler beaucoup, ni d'exposer à l'infini des théories

compliquées, il n'est besoin que du pas d'une fourmi, d'un peu de vent, de quelques traces sur le sable que la main d'un enfant gomme... il n'est besoin que de regarder au ras de la vie dans le plus simple, le plus petit, le plus friable...
C'est lui qui s'émerveille. Il est un enfant devant elle, qui boit sa voix comme une eau. Et quand elle poursuit dans sa langue parce que les mots lui manquent, il voit un vent léger brasser les jours à l'infini, mariant les couleurs et les sons pour le plaisir des hommes, il voit les hommes ignorer le vent et embrasser la guerre, il se voit, lui, dans ce désert blanc où le visage mouvant de Clara se dessine. Alors il ferme les yeux, il dit : pourquoi ? Et que dois-je faire ? Madame Mo ne répond pas, elle sourit doucement en baignant les arbres de brume, puis se retire, discrètement.

Ce dernier jour, il a laissé Clara et Alain dans la bibliothèque, prétextant sa fatigue. Il est monté dans sa chambre, il a fermé la porte et puis il s'est assis près de la fenêtre ouverte sur la nuit, dans le fauteuil blanc. Il a eu un sourire nouveau, il a clos ses paupières, il pensait à Pierre, aux mots qu'il avait dit, il pensait au plaisir extrême d'aujourd'hui, il s'est laissé tenter : la peau de Clara, le sourire de Clara, l'amour de Clara. Et, honnêtement, il a contemplé ses trois douceurs offertes.

Il a donné des images au bonheur du corps, il a faim et elle est là, à quelques pas. Chaque jour, ses

lèvres sont des fruits offerts, ses yeux des puits d'ombres où il peut se lire, son corps une coupe tiède qui peut le recevoir. Il frémit, la douleur est présente, il frémit parce qu'il suffit d'un si petit geste, d'une simple parole, et sa faim est comblée, sa douleur apaisée.
Un si petit geste... Il frémit.

Il a donné des visages aux sourires de Clara. Il s'est livré lui-même à l'aujourd'hui. Le vent passe et brasse l'amour des hommes, qu'importe s'il s'abandonne, pourvu qu'il plonge dans le cœur de Clara. Qu'importe si demain elle pleure, si demain il sombre, le vent le portera, elle oubliera, aujourd'hui est doux et lui est donné. Demain, il marchera sur le vent... Il frissonne.

Il a donné des ailes à l'amour de Clara. La voir fleurir, et que ce soit pour lui, la voir comblée, et que ce soit par lui, la voir aimer, et que ce soit lui. Être pour elle le début et la fin, la faire heureuse, tout lui donner pour tout avoir d'elle...

Il a les yeux clos. Il tremble.

En bas, dans la bibliothèque, Alain a mis de la musique : Vivaldi, le nisi dominus. Clara ne connaissait pas. Elle aime.

Alain regarde la nuit. Il est ainsi, debout, immobile, depuis que Vivaldi a pris possession des murs. Quand enfin le silence se referme sur eux, il se tourne lentement vers elle qui le contemple sans mot dire.

- Je suis fatigué.

- Moi aussi. Je te ressers ?

- Je veux bien.

Quand elle lui tend la tasse, il reprend :

- Je ne suis pas sûr d'avoir eu raison de rester.

- Tu l'aides.

- A classer ses notes, oui, bien sûr. Mais il avait déjà fait la moitié du travail. Ce n'est pas ça...

- Quoi d'autre ?

- Je ne suis pas très sûr d'être à la hauteur. De l'homme, je veux dire.

Elle rit doucement :

- En ce qui me concerne, je suis certaine que non, mais toi, tu lui ressembles. J'ai souvent l'impression d'avoir affaire à des extra-terrestres !

Il rit franchement, revient s'affaler dans un fauteuil.

- J'aimerais beaucoup que ce soit vrai, je monterais dans ma soucoupe et adieu ! Plus d'expos, plus de couleurs, plus de Clara… la paix, quoi !

- Merci...

Elle précise :

- Merci de me mettre avec les couleurs, c'est ta vie, non ?

- C'est ma vie... mais il y a des couleurs insaisissables... je ne peux pas te séparer des couleurs et je ne pénétrerai jamais le vert que je pressens en toi... Je ne pourrai pas te peindre parce que je n'en sortirais pas indemne.

Il ajoute avec un peu de sourire :

- Il est déjà trop tard, j'en ai peur. Je ne sortirai pas d'ici indemne.

Elle ne comprend pas.

- Me crois-tu capable d'indifférence ?

Il a parlé doucement.

- Si je n'étais pas resté, j'aurais pu penser à toi avec d'autant plus de tendresse que tu lui es proche, mais je suis resté, et ça m'est difficile. Je ne sais pas ce que René attend de moi. Je ne sais pas ce que moi, j'attends de moi. Je sais seulement que je te regarde et que j'essaie d'être un ami convenable. Voilà. J'ai dit ce que je ne voulais pas te dire.

- C'est mieux comme ça.

Elle a murmuré. Il sourit.

- Je n'en suis pas sûr.

- Tu es un ami convenable, et moi, je te

remercie d'être ici.

    - C'est gentil.

Elle soupire, reprend avec plus de vigueur :

    - Je ne crois pas que ce soit gentil. Je crois même que c'est dur. René exagère souvent. Il croit que nous sommes tous comme lui, j'aime vraiment cet homme, mais il a réussi à me mettre dans une situation inextricable : il me montre en toi tout ce que j'aime en lui et ce que tu es toi, de singulier... Mais je fais quoi, moi, avec ça ?

Elle a presque crié, tout à coup.

    - Je fais quoi ? Je suis quoi ? Je ne sais plus où j'en suis !

Il s'est détourné, il fixe le feu pour fuir son regard. Elle poursuit plus bas :

    - Ce n'est pas de ta faute, ce n'est de la faute de personne, c'est comme ça. Je suppose qu'il y a une issue. Il faut peut-être que je m'en aille... Je ne suis pas de force à faire face. Vous êtes trop droits, trop... je ne sais pas. Vous n'êtes pas comme tout le monde. Pierre a raison : il vaut mieux être ordinaire, c'est plus facile pour les autres...

Elle murmure :

    - Je ne suis pas capable de vous.

Il dévisage le feu, seule la raideur de ses épaules le trahit. Elle hésite, reprend avec lassitude :

    - Excuse-moi. Je ne voulais pas dire ça. Je crois que nous perdons la tête, il n'y a que lui pour s'y retrouver.

    - Crois-tu ?

Il a parlé bas. Il se retourne.

- Tu as raison, c'est inextricable. C'est pour ça que nous n'en sortirons pas indemnes, ni toi, ni moi... ni lui. Mais lui, il est plus solide.

- Pierre dit qu'il est plus vulnérable.

- C'est pour cela qu'il est plus fort.

Elle s'étonne à peine. Il sourit enfin, la dévisage, prend un air de malice :

- Maintenant que nous avons cerné notre incapacité à nous débrouiller de nous-mêmes, me permets-tu de te faire un aveu ?

Elle hausse les sourcils :

- Vas-y. Je ne crains plus rien !

- Eh bien, j'ai un petit creux : je crois qu'il reste des crêpes, je les réchauffe ?

Elle éclate de rire :

- Avec du chocolat ! Je m'occupe de chocolat, tu t'occupes des crêpes ?

- Ça marche !

Ils ont filé vers la cuisine comme deux galopins. Alain prépare du café, Clara se moque, ne veut-il pas dormir ? Elle pille les réserves de René sans scrupule, fait une grimace approbatrice à la vue du chocolat, s'amuse de voir Alain retourner les crêpes d'une main experte et les faire glisser délicatement dans une assiette chaude, tout occupé de ses gestes. Il voit enfin son sourire : occupe-toi donc de ta casserole, gourmande, il la considère une seconde de trop, la crêpe noircit, il peste...

Ils s'allègent en quelques rires, les doigts tachés, le café à ras des bols, étouffant leurs éclats avec une vraie complicité. Le café les réveille, Alain prend l'air canaille : et s'ils allaient prendre l'air ? Ils se retrouvent dans les rues au milieu de la nuit, marchant au hasard en accordant leurs pas, elle n'a pas pris son manteau parce qu'il était dans sa chambre et qu'elle ne voulait pas faire de bruit, alors il a pris le blouson de René et lui a donné le sien, elle disparaît presque dedans, les manches couvrent ses mains, elle a dénoué ses cheveux pour se tenir chaud.

Il va pleuvoir bientôt. L'humidité fait les pavés plus bleus. D'un commun accord, ils plongent vers les ruelles dont la lumière écrit les détours en triangles, ils se taisent. Deux chats feulent et crachent derrière un mur, les portes trouent l'ombre en l'épaississant. Ils sont passés derrière la cathédrale, il la conduit maintenant, elle le suit sans discuter. Ils traversent une cour, descendent sous les arcades d'un invisible escalier, pénètrent dans le cloître.
Il l'appelle plus loin alors qu'elle s'émerveille des gargouilles touchées de la lueur des réverbères, s'arrête enfin de l'autre côté, et l'invite à s'asseoir près de lui.
En silence, il lui montre la façade opposée qui se découpe en noir sur la nuit. Il y a un peu de lumière, vacillante, derrière les vitraux en losanges d'une fenêtre. Elle s'étonne, regarde encore, et

soudain, voit ce qu'il voit. La ville est silencieuse, le bâtiment en masque l'éclat : elle ne saurait dire en quel endroit du temps ils se trouvent.

Il s'est adossé aux colonnes du cloître, le parfum moite de la terre est lourd du printemps. Elle sourit, se tourne vers lui, chuchote :
- C'est mieux qu'une machine à remonter le temps.
- Oui.
Après un temps, il précise :
- C'était le scriptorium...
Elle essaie de sortir une main du blouson pour chasser une mèche vagabonde. Comme elle s'empêtre, il l'arrête, roule le bas de la manche... et garde ces doigts frais dans les siens. Elle ne bouge pas. Elle a juste tourné son visage vers lui, un peu. Il écarte les cheveux trop doux, puis l'attire contre son épaule en se rassurant lui-même :
- Amis. Simplement amis.
Il ne sait pas pourquoi il a fait cela. Et puis d'un coup, cela lui semble naturel, il la sent peser contre lui, il a envie de la réchauffer parce qu'elle frissonne, il la tient plus étroitement, il regarde la fenêtre posée dans l'ombre par le souvenir des hommes qui ont veillés là. Les pierres font mémoire pour eux seuls de la patiente espérance qui a fondé ce lieu.

Ils sont restés ainsi longtemps. Puis il a caressé sa joue, elle a froid, il doit être trois heures du matin, il resterait encore, à fleur de désir peut-être, il ne sait pas, il sait seulement qu'il lui faut rentrer avec cette femme douce qui a crié, mais je fais quoi ! sans savoir qu'il en était percé parce qu'elle disait le trouble. Il plie sa pensée, amis, simplement amis, l'écarte enfin et ils se relèvent, elle tremble de froid mais elle sourit, il devine l'éclat de ses dents, puis, d'un même pas tranquille, ils reprennent le chemin du retour.

Quand Alain pousse la porte de la cuisine en bâillant, René est assis à la table, devant un bol de café froid. Il sourit en guise de bienvenue, désigne son bol avec une grimace :

- Il est trop tard pour celui-ci. Il va falloir en refaire.

- Tu es là depuis longtemps ?

- Assez.

Alain prépare le café avec des gestes mous.

- Tu ne t'es pas mis au piano ?

- Pas aujourd'hui. La nuit a été... un peu rude.

Il sourit dans sa moustache :

- Je l'ai bien cherché.

Alain lui glisse un regard en coin :

- Tout le monde était insomniaque, alors.

René sourit plus largement :

- Je vous ai entendu sortir.

- On est allé jusqu'à la cathédrale.

- Tu l'as emmenée dans le cloître ?

- Oui.

Ils se taisent. Alain n'a pas bougé, il s'appuie au plan de travail, le dos tourné.

Quand la cafetière se tait enfin, il l'arrête machinalement, finit par faire face.

- Il faudra bien parler d'elle.

- Oui.

- Comment fais-tu pour l'éloigner de toi ?
Un temps.

- Comment fais-tu pour refuser ce qu'elle t'offre !

- Elle m'offre quoi ?
Alain sursaute :

- Tu es gonflé !
René reprend avec fatigue :

- Elle est tout ce que j'ai espéré. Elle est devant moi comme une source, et j'ai soif... j'ai soif de vie. Je ne boirai pas la sienne. Ce n'est pas une question d'âge, l'âge est un mensonge... J'ai passé la nuit à dévoiler mes mensonges.
Il baisse les yeux, il réfléchit.

Alain se sert, le café embaume et le distrait de lui-même pendant un instant, il en est allégé d'autant. René finit par se lever, va vider son bol, se sert à son tour, revient s'asseoir. Il poursuit enfin :

- L'âge est un mensonge qui me servait de bouclier. Il a fallu l'abaisser. C'est inconfortable...
Il constate avec un humour vrai :

- Et ça fait mal quand on se rend compte qu'on est un homme, que le désir brûle, et qu'on est parfaitement impuissant à y faire face : sa porte est à côté de la mienne. Tu m'as sauvé quand tu

l'as emmenée. Car c'est toi qui as décidé de sortir ?
Alain acquiesce d'un signe. Il écoute en sirotant
son café, le cœur raidi, hésitant à l'interrompre,
mais si René est capable de s'affronter, lui ne peut
faire moins que l'entendre. Il respire, recule au
dedans de lui, le regarde droit.

René s'est tu pendant un moment. Il
reprend en souriant :
    - J'ai laissé fuir le oui et le non, j'ai laissé
parler le possible.
Il retient ses mots un instant.
    - C'est bouleversant... le possible, sans
jugement préconçu, est bouleversant. Je ne savais
pas ce qu'était le choix... je dois t'avouer que j'ai
vacillé tout entier.
Alain frémit. Il y a dans le regard trop bleu la trace
de son expérience. Celle d'un incendie, peut-être,
comme s'il avait traversé le feu.
    - C'est après que l'on trouve le sens du oui
et du non. Avant, c'est une illusion.
Le silence retombe. Au bout d'un long temps,
Alain questionne :
    - Et tu en es où ?
    - Je ne sais pas. J'ai compris que je l'aimais,
et que mes réponses m'étaient dictées par des
refus. C'est tout.
    - Pourquoi est-ce que tu m'as demandé de
rester ?
René se redresse, le regarde, répond enfin :
    - Pour me protéger d'elle, et puis... c'était

encore un moyen de la garder. Tu m'es plus proche... tu m'es le plus proche. C'était encore un moyen de la garder. Pardonne-moi.
Alain inspire. Brutalement.

- Tu me demandes beaucoup.

- Oui.

René contemple ses mains posées à plat sur la table, répète :

- Je te demande pardon.

Alain ne répond pas. Il boit une gorgée de café, grimace parce qu'il est tiède, demande enfin, tendu comme une lame :

- Est-ce que j'en suis capable ? Tu viens de me dire que tu m'utilises, tu me places dans une situation impossible en me mettant en présence d'une femme que tu aimes et qui ne peut que me plaire, tu le sais bien...

Il fait une nouvelle grimace qui ne doit rien au café.

- ... et tu voudrais que je te pardonne !

L'amitié ne donne pas tous les droits !

René le regarde sans rien dire, il laisse humblement déferler la colère.

- Tu n'avais aucun droit de te servir de moi, je ne suis pas toi, je ne pallierai pas à tes refus, débrouille-toi avec toi ! Je ne te remplacerai pas et je ne peux pas être son ami, ça, ça serait mentir, à moi comme à elle...

Il s'interrompt brusquement, remarque, amer :

- Ce mensonge-là, je l'ai cru jusqu'à maintenant

Et reprend avec violence :

- Et je ne peux pas être un homme devant elle parce que tu l'aimes. Je ne peux pas te trahir, je ne peux pas ! Et tu veux que je te pardonne ?

Et puis tout à coup, il baisse la tête, passe une main incertaine sur son visage :

- Je savais tout cela. Je l'ai accepté. Par amitié je l'ai accepté.

Il fixe le vide, soupire, prononce nettement :

- Tu n'es pas moi et tu ne peux pas vivre à travers moi, je te le refuse parce que c'est faux. Il faudra bien que nous nous en sortions autrement.

Enfin, doucement, comme en lui-même :

- Je ne suis pas sûr d'être à la hauteur. Je suis même à peu près sûr du contraire.

Il a fermé les yeux, il espère presque un mal physique, violent, ce serait plus facile. Il a un sentiment brutal de la trahison, et dans le même temps une conscience précise de la confiance que lui fait René. Il sait la confiance. Elle le submerge. Alors il dit, rendu :

- Je te pardonne.

C'est inconditionnel. Et quand il relève la tête, il se livre tout entier à l'homme qui l'a blessé par son aveu aussi sûrement que d'une arme et qui le dévisage avant de dire lentement :

- Nous nous en sortirons, c'est une promesse.

Alain se lève, contourne la table, pose une main épuisée sur l'épaule de l'ami :

- Merci.

Elle descend l'escalier à pas lents. Il est plus tard que d'habitude. Une belle lumière coule par la fenêtre, blondit le noyer de la rampe et la fait sourire de plaisir. Ses cheveux trempés de la douche sont tirés et noués sur sa nuque, épurant ses traits. Elle a mis une jupe mouvante qui amenuise sa taille, ses seins dansent sous le chemisier.

Elle est belle peut-être, comme un fruit d'été, plus émouvante de la vie qui a modelé son visage que dans le lissé de sa jeunesse, mais elle ignore sa plénitude comme elle ignore sa douceur.

Sa main glisse sur la rampe, une marche grince, la maison retient son souffle.

Quand elle pousse enfin la porte de la cuisine, elle les voit tout proches l'un de l'autre. Ils ont tourné la tête vers elle. Ils sont sérieux ou ils en ont l'air, elle ne saurait le dire, mais elle devine qu'il s'est passé quelque chose, ils sont dépouillés d'eux-mêmes. Alors elle entre, un peu inquiète, elle les regarde tous les deux, ensemble, elle sourit tout

de même, vaillante, parce qu'elle les aime, sa jupe danse sur ses hanches, elle ramène son châle sur ses seins, un rai de soleil touche sa peau quand elle passe devant la fenêtre.
Ils se sont séparés.

Alain s'est détourné le premier, il craint qu'elle ne voie son trouble, il a mal, c'est lancinant et profond, il s'est détourné.
René approche une chaise, il sourit, baise tendrement la joue tiède, et dit : tu es trop belle, c'est presque insupportable, et vraiment il le pense, puis il ajoute : je vais chercher des croissants.

Elle rince les bols en silence, pose sur la table les jonquilles qu'ils ont cueillies hier dans le jardin, et un panier de fruits, se détourne, et, soudain, la voix d'Alain :
- René a raison. Tu es trop belle, c'est insupportable.
Il est appuyé au buffet, il la regarde se mouvoir avec un sourire de tristesse.
Elle murmure :
- Je ne le veux pas.
Il rit avec un peu de douleur :
- Tu ne le fais pas exprès, c'est certain. Si au moins tu usais d'artifices. Mais non, tu te lèves, tu n'as pas assez dormi, et ça se voit, tu sors de la douche, et tu es bouleversante.
Elle ne sait trop qu'entendre, elle pose des cuillères inutiles près des bols, avec lenteur.

- Je t'en prie, regarde-moi.

Il a parlé doucement. Elle se tourne vers lui, gravement, le dévisage. Il ne bouge pas. Il a juste crispé ses mains sur le rebord du buffet, elle ne l'a pas remarqué.

- Je dois te dire.... je ne sais pas comment tout cela va finir, mais... je crois que si tu restes avec René, je serais incapable de vous revoir. Avant longtemps, du moins.

Elle se tait. Il esquisse un maigre sourire :

- C'est imbécile, bien sûr, je te connais depuis une semaine à peine. J'ai du mal à comprendre comment c'est possible, mais le fait est là. Je ne peux pas être ton ami. Je le veux, mais je ne le peux pas. Je le craignais depuis le premier jour, tu es trop étonnante, mais je me suis cru capable de ... de maîtriser une attirance. Ce n'était pas une attirance. Je ferai tout ce qui est en mon pouvoir pour entrer en amitié honnêtement, je te le promets, mais si tu vis avec René... il ne faut pas me demander l'impossible. Vous aurez toujours mon amour, mais de loin. Je ne suis pas capable d'autre chose.

Elle a baissé les yeux. Il ne voit d'elle qu'une courbe trop tendre qui s'écrit devant la table. Il ironise :

- En fait, c'est une déclaration... de rupture. Je ne vaux rien pour ça, je devrais le savoir.

Elle relève les yeux d'un coup, il reçoit de plein fouet son visage clair, et des larmes en deux lignes fines sur sa peau.

Il a serré les doigts sur le meuble à s'en faire mal pour contenir son mouvement vers elle. Elle essuie ses larmes d'un geste d'enfant, avec le dos de sa main, inspire d'une saccade, et dit :

- Je ne veux pas ça. Crois-moi, je n'ai pas voulu ça.

Elle est désolée vraiment, je veux dire plongée dans cette solitude extrême de celui qui est cause de la peine d'autrui pour quelque raison irrémédiable.

Elle répète doucement en levant vers lui ses larmes :

- Je ne veux pas ça.

Alors, il lâche le buffet, tout occupé à purifier son geste, il la prend dans ses bras, prudemment, et quand elle s'abandonne contre son épaule, il prie peut-être, il ne sait pas, il implore au dedans de lui d'être capable de la réconforter, simplement cela, lui redonner cette force qu'il lui a prise en parlant parce qu'entre eux, il n'y avait pas de place pour un mensonge. Et quand à son retour, René s'approche et pose sur lui une main apaisante, il est tout près de pleurer de la même désolation qu'elle.

Clara s'est écartée d'un coup. Elle lisse ses cheveux à deux mains avec un sourire embarrassé. René recule, va chercher le café, le pose sur la table. Alain n'a pas bougé. C'est lui enfin qui parle :
- Eh bien voilà. C'est comme ça.
Il sourit brièvement, attrape une chaise, s'assoit. Clara s'assied en face de lui avec décision, se verse à boire, prend un croissant et l'entame vigoureusement sous le regard attentif des deux hommes.
- Nous ne te coupons pas l'appétit, c'est déjà ça !
- Oui.
Elle leur lance un bref coup d'œil :
- Si vous ne faites pas comme moi, nous y serons encore à midi. Et puis, je me sens observée. J'en prends mon parti, d'accord, mais il ne faudrait pas abuser. Je vous rappelle que Pierre arrive demain soir, qu'il faut faire des courses, et que toi, Alain, si tu veux repartir lundi, il faut en finir avec ces notes... Pour le reste, je vous en prie, prenez pitié de vous, oubliez-moi.
Elle a dit cela avec un humour vrai. Ils plongent

dans leurs bols, penauds, finissent par rire franchement, enfin, de lui voir cet air d'institutrice qui lui convient si mal.

Elle est restée seule dans la cuisine, à ranger mélancoliquement la vaisselle. Tout à coup, Miette déboule, s'arrête net en voyant son visage, hésite un instant, et puis :
- Ça va ?
Clara sourit.
- Oui, ça ira, je crois.
- C'est René ?
- Non.
- C'est Alain alors.
- Non plus, ils n'y sont pour rien.
- Il y a quelque chose, vous avez l'air...
Clara s'est détournée. Miette insiste. Elle a ce don, ou cette indélicatesse, c'est selon, de vouloir les gens heureux. Elle réfléchit;
- Vous savez, pour René, c'est bien que vous soyez là. Je crois qu'il aime bien être tout seul, mais il a aussi besoin de quelqu'un qui... je sais pas... qui écoute quand il joue du piano, sinon, c'est comme s'il parlait tout seul. Moi, j'aime pas trop cette musique là, mais j'aime bien quand il joue.
Elle s'interrompt. Clara affermit sa voix, demande :
- Tu crois qu'il est heureux qu'on soit ici ?
Miette a saisi le frémissement qui se dissimule dans la question. Elle est grave. Il ne faut pas répondre n'importe quoi. Ça ne serait pas honnête. Le on, ça

veut dire Clara, bien sûr. Et puis elle a dû pleurer...
il faut faire attention.

- Je crois qu'il a voulu que vous soyez ici.
René, il fait jamais rien par hasard. Alain, il vient
au moins une fois par an, on les voit toujours
parler ensemble, on a l'habitude. Je crois que René,
il aime que vous soyez là, mais...
Elle hésite, ajoute enfin avec un sourire d'excuse :

- Au début, j'aimais pas trop... ça m'ennuyait
que vous dormiez là, mais maintenant, je vous
aime bien. Grand-Mo, elle dit qu'il va être plus fort
parce que vous êtes venue, je comprends pas
toujours ce qu'elle dit, mais elle a souvent raison.
Elle se tait. Clara sourit enfin :

- J'espère que madame Mo a raison. Mais
toi, tu es venue pour quoi ? Pas pour me consoler,
je pense.
Miette rit. Consoler Clara, ça semble absurde, mais
elle a quand même meilleure mine, maintenant.
Tant mieux.

- Je suis venue parce que demain, c'est
l'anniversaire de Lili. D'habitude, René fait une
fête, mais là, je sais pas s'il peut. Il en a pas parlé.
Clara dissimule un sourire. Miette hésite pendant
un instant, reprend :

- Elle m'a dit que ça serait bien de préparer
la fête nous-mêmes et d'inviter René. Mais je sais
pas trop comment faire.
Clara réfléchit vite.

- Bon, on va faire comme ça : je vais voir s'il
y pense, discrètement, et s'il a oublié parce qu'il a

trop de choses à faire, il aura la surprise. Tu vois ce qu'il faut avec madame Mo, ça tombe bien, je dois faire des courses.

    - On pourrait demander à Chris de venir, ça lui ferait peut-être plaisir. Et puis Léo sera là, c'est samedi.

Elle marque un temps, poursuit :

    - Il voudrait parler avec René.

    - S'il pouvait venir ce soir, il aurait plus de temps.

    - Je lui dirai.

Clara sourit :

    - Alors on fait comme ça.

Miette la regarde, attend un peu, se lance :

    - Je voulais... j'ai croisé Alain dans le jardin, il m'a pas vue mais il avait l'air triste. Je voudrais... Je voulais vous dire que peut-être, c'est à cause de vous.

Clara en reste muette. Elle dévisage la jeune femme avec stupéfaction.

Miette secoue son palmier :

    - J'aurais peut-être pas du dire ça... mais je crois que c'est vrai.

Elle recule, sourit gentiment :

    - Bon, ben à tout à l'heure ?

    Miette a fait demi-tour, elle court dans le couloir, la porte du jardin claque à ébranler les murs. Clara s'est laissée tomber sur une chaise, et soudain se met à rire. Rien ne lui échappe, à celle-ci ! Et en même temps, ce souci sincère et cette façon de dire sa pensée sans préméditation la touche comme une douceur. Elle en est consolée vraiment. Chacun peut vivre, ici, comme il l'entend, parce que les autres sont respectueusement attentifs. C'est tout simple, il suffit de le vivre, mais René a raison, c'est exigeant. Elle soupire, cueille une pomme dans le panier, et, renonçant à penser, se décide enfin à bouger.

René a plongé son visage dans ses mains. Il se redresse enfin, jette un coup d'œil au dehors. La nuit tombe. La cour se voile d'un brouillard fin qui gomme la lumière des réverbères. Il soupire en devinant l'heure. Il s'est tellement immergé dans son travail qu'il n'a pas vu passer le temps.

Il déverrouille ses épaules ankylosées, se lève, ferme lentement le dossier qu'il étudiait. On a frappé. Il hausse les sourcils, achève son geste puis va ouvrir sans enthousiasme. Derrière la porte, Léo hésite, embarrassé.

    - Oui ?

    - Clara m'a dit que vous étiez ici. Je ne vous dérange pas ?

    - J'avais fini. Tu veux me voir ?

    - Oui. Elle vous l'a pas dit ?

    - Qui ?

    - Clara.

    - Quoi ?

    - Que je venais.

- Ah ! Si. Excuse-moi, ça m'était sorti de la tête.

- ...

- Mais ça ne fait rien, dis-moi ce qui t'amène.

Il repousse la porte derrière Léo, s'assied sur le canapé en lui désignant un fauteuil.

- Je t'écoute.

- ...

- C'est à propos de Miette ?

- ...oui.

- Que ce passe-t-il ? Elle t'a mis dehors encore une fois ?

Léo sourit.

- Non, mais...

- Vas-y, je t'en prie, sinon nous serons encore ici demain.

Léo regarde ses mains qu'il a croisées si fort que ses doigts en rougissent, hésite, relève les yeux, et, rassemblant son courage, articule :

- C'est que... c'est pour Lili.

René attend la suite, patiemment.

- C'est que Lili dort avec Miette.

René commence à comprendre, il contient sa gaieté en voyant Léo s'empourprer d'un coup, se décide à lui porter secours :

- Tu voudrais pouvoir rester la nuit et Lili vous dérange, c'est ça ? Ou plus exactement, Miette ne veut pas que tu restes à cause d'elle.

Léo respire.

- C'est ça. Alors elle a pensé que grand-Mo pourrait peut-être la garder de temps en temps, le week-end, mais grand-Mo a répondu qu'il fallait qu'elle se débrouille toute seule. Si elle veut dormir avec moi, elle fait ce qu'il faut pour ça, elle en parle à Lili ou elle déménage, mais il ne faut pas compter sur elle.

Il remarque après un temps :

- Moi, je trouve ça juste.

René sourit :

- Et qu'en pense Miette ?

- Elle dit qu'elle a raison, mais elle gueule.

- En quoi est-ce que ça me regarde ?

Léo se mord les lèvres, s'enhardit :

- Voilà. J'ai bien regardé le pavillon. Il y a le grenier. Il n'est pas grand, mais il y a deux fenêtres. J'ai pensé qu'on pourrait faire une chambre là-haut. C'est en bon état, il suffit d'isoler et de lambrisser. Le plancher est bon. L'escalier, il faudrait le remettre apparent, et puis repiquer un radiateur pour le chauffage.

René ne dit rien. Il attend la suite. Après un instant, Léo continue.

- Je peux le faire, j'ai travaillé deux ans chez un menuisier. Et mon frère est chauffagiste.

- Je sais, Miette me l'a dit.

Léo hésite, cherche un encouragement dans le silence de René, rencontre une attention bienveillante, mais impénétrable.

- Ben voilà, c'est tout. Ça serait bien, de toute façon.

- Que comptez-vous faire ?

Un silence interrogateur.

- Vous comptez vivre ici ?

Léo sourit.

- Non. Mais Miette peut pas venir chez moi, j'habite chez mon frère. Il faut que je trouve un appart', mais mon contrat finit dans deux mois. Mon patron m'a dit qu'il m'embaucherait, je le crois, mais il vaut peut-être mieux que j'attende.

- Miette veut vivre avec toi ?

Il baisse la tête, fait une grimace :

- Miette, c'est Miette. Un jour elle veut, un jour elle regarde par la fenêtre. Mais moi je veux vivre avec elle quand elle sera d'accord, et même, j'aimerais me marier, mais ça, il vaut mieux pas lui dire maintenant !

Il fait une grimace comique.

- Lili, elle aimerait bien, elle me l'a dit.

René sourit :

- Si Lili l'a dit ! Bien. Je veux bien que tu fasses des travaux, mais ce sera déclaré. Je me renseignerai et je te tiendrai au courant. Si Miette veut de toi quand le pavillon sera installé, je suis d'accord. Tu pourras habiter ici mais il est hors de question que vous vous installiez ici à long terme. Je veux bien vous dépanner quelques mois, pas plus. Ce ne serait pas bon. Vous avez besoin d'une vie à vous, Miette est ici chez elle, et c'est bien, mais on doit un jour construire soi-même sa vie, vous comme les autres, même si c'est difficile. Et tu peux dire à Miette de ma part que si elle veut de toi ici, il n'est pas question que trois mois plus tard, elle veuille de quelqu'un d'autre. Je veux bien que vous meniez votre vie, on ne sait jamais comment ça tourne, mais si elle te vire, elle continue comme avant ou elle s'en va. On est d'accord ?

Le sourire de Léo est une réponse suffisante. Il ne s'attendait pas à tant. Il en a l'impression ruisselante qu'on lui fait confiance, qu'on attend de lui qu'il soit un homme vraiment, et c'est nouveau. René croit en eux, même si avec Miette, on peut s'attendre à tout, et il y croit assez pour les aider, y compris en posant des limites. Léo en est rassuré. Les limites lui offrent les possibles. Si René dit quelques mois, c'est que quelques mois suffisent, et qu'il est assez fort, assez chanceux, pour se débrouiller seul. Il a le sentiment soudain qu'il est debout sur une main ouverte, solide et rassurante, que ses ailes ne demandent qu'à se déployer, et que, s'il rate son coup, cette main lui viendra en aide; alors il rit, se lève d'un bond, pour une fois réellement sûr de lui, il dit : on est d'accord, il tend la main, poigne d'homme, éclaté de joie, et dit merci.

René s'amuse : c'est moi qui te remercie. Du coup, il s'étonne, et René sourit encore : j'y gagne une chambre. Il sort enfin, saoulé, rejoint Miette qui l'attend sous les cèdres avec inquiétude, la serre dans ses bras à la broyer en disant : Lili aura sa chambre. Le reste, prudemment, il le garde pour lui.

Au moment où René quitte enfin son bureau, il se heurte à Clara qui se hâte dans le couloir, la retient vivement parce qu'elle manque de tomber.

- Où cours-tu, toute belle ?
Elle rit.
- Ça ne te regarde pas.
Il hausse les sourcils :
- On me fait des cachotteries ?
- Eh oui !
Elle s'écarte prestement, disparaît dans le jardin.

Il l'a regardée s'éloigner en souriant. La voix d'Alain le fait sursauter :
- Je suis de corvée. Tu viens m'aider ?
Il obtempère en remarquant qu'il est grand temps de bouger, il n'y a pas que lui pour oublier l'heure. Alain lève les mains au ciel :
- Ah, les femmes ! Elle est partie faire des courses avec Chris, mais crois-tu qu'elle aurait téléphoné pour dire qu'elles rentreraient à point d'heures ! Elle m'a sauté dessus il y a deux minutes en me pressant aux fourneaux, oui ! Vive le célibat !
- Ne dis pas quelque chose que tu vas renier dès qu'elle passera la porte.
Alain se retourne d'un coup. René sourit avec candeur :
- Je me trompe, ou ton sang s'affole quand elle pleure sur ton épaule ?
- Occupe-toi de ton sang personnel. Le mien fait ce qu'il veut.
- Tu veux dire ce qu'il peut !
Un rire simple. Alain s'arrête, une main sur la

poignée de la porte :

- Et moi, je me trompe, ou bien tu sais où tu en es ?

René le dévisage, retient son sourire, et doucement :

- Je sais.

Alain a baissé la tête. Il ouvre la porte, approuve vraiment malgré la douleur qui le poigne :

- C'est bien.

Clara revient lentement. A présent, elle a le temps, elle sourit à la brume qui mouille les cèdres. La journée a été féconde, du moins elle l'espère. Chris l'a accompagnée avec plaisir, elle en était presque souriante. Elles ont fait les courses très vite, et ensuite ont pris un café, puis un autre, en discutant. Chris a fini par raconter, à mots étouffés, ses parents, sa vie d'avant, et vraiment elle respirait à peine, tout est dit par cette respiration oppressée, et ce spasme, je suis partie, comme si l'air affluait en elle d'un coup. Son regard a livré l'instant d'ivresse illusoire, la belle ivresse de liberté, et brusquement cette rupture nouvelle, comme un boulet. Alors elle s'est tue.

Plus tard, elle a pris un gâteau parce qu'elle avait faim, s'est consolée de sucre et de crème sous le regard amusé de Clara, et puis elle a dit : j'ai envie de changer de tête. Tout est changé dans ma vie, j'ai envie de changer aussi.
Clara a dit : maintenant ? Elle a ri, elle a fait une grimace, elle a haussé les épaules, puis elle a dit : oui ? Clara a fait un geste du doigt : de l'autre côté

de la galerie marchande, il y a un coiffeur.

En riant, elles ont traversé l'allée, elles sont entrées, il y avait très peu de monde, alors, complices comme le sont les femmes lorsqu'elles ont quelque extravagance en tête, elles se sont plongées dans les magazines qui proposent des visages de rechange.

Elles sont sorties de la boutique au soir venant, autrement. Chris s'est découvert un air d'ange à la Giotto qu'elle ignorait, elle en a reçu un sérieux étonné comme si se dévoilait enfin la vigoureuse droiture qu'elle rêvait et qui était depuis longtemps engloutie dans sa colère. Clara, elle, n'a fait que prendre soin d'elle, pour le plaisir, d'autres mains qui massent, qui ramassent la fatigue et la lavent, raccourcissent un peu, si peu, juste ce qu'il faut pour qu'elle sourie, elle aussi, en croisant son image.

Évidemment, il a fallu courir, vider en hâte le contenu de la voiture, prier Alain de faire le repas, puis courir encore chez madame Mo pour tout déposer.

Maintenant, elle respire. La nuit hésite encore au bord du soir. Le jardin se pare d'ombres fines, l'eau se pose en perles aux corolles pâles des narcisses, la courbe laiteuse des allées se perd sous les arbres. Elle marche tranquillement, frôlant un secret ignoré de la ville. La terre souveraine embaume, le brouillard mince a gommé les alentours, la longue maison s'offre comme une frontière, elle n'en a jamais eu conscience, mais ce soir, elle le voit bien, cette maison ouvre sur l'ailleurs...

Quand elle entre, elle trouve la cuisine déserte. Les jonquilles frémissent dans la pénombre, sur la table nue. Il n'y a d'autre bruit que le pouls de l'horloge...
La porte entrebâillée de la bibliothèque peint sur le mur une ligne nette et dorée. Les deux hommes lui tournent le dos, offerts à la chaleur du feu, et parlent très bas. Un plateau abondamment garni patiente sur la table basse.
Elle sourit. Ils l'ont entendue, se sont retournés, elle joue la confusion, présentant en mélange excuses et émerveillement, ils la regardent avec un sérieux feint, elle en est presque embarrassée, elle s'empêtre dans ses explications, penaude... ils l'observent soudain avec plus d'attention, éclatent de rire ensemble en devinant le plaisir, les cheveux plus courts, brillants et parfumés, ils laissent éteindre leur rire parce qu'elle les émeut et Alain murmure à l'adresse de René sans s'expliquer davantage :
- Tu avais raison.

Plus tard, René s'est mis au piano, Alain parle de New York, Clara rit et ils écoutent son rire, ils la regardent croquer dans une olive, reposer sa tête au dossier du fauteuil, et rire encore, doucement, parce que soudain René joue quelques notes douces qui font renaître leurs premiers matins.

La nuit s'avance encore, Alain est allé chercher des pastels et son carton à dessin, René parle de jazz, tranquillement, Clara est songeuse, elle sourit un peu en regardant les flammes.

Au plein de la nuit, le piano s'est tu. Les pastels chuchotent sur le papier. Alain lève souvent les yeux sur elle, et en arrière d'elle sur l'ami qui s'est installé dans la chauffeuse. Puis il finit par se relever, va poser sur les genoux de Clara une dernière feuille qu'il a touchée de vert et d'ombre, et s'éloigne avec un signe vers René, sans un mot.

Quand il repousse enfin la porte de sa chambre, il reste un moment appuyé au battant, le regard fauve, épouvanté du mouvement de violence qui l'a saisi à la pensée que, peut-être, René s'approchait d'elle.

Il est quatre heures du matin. Il pleut. Il marche dans les rues. Il est resté un moment dans sa chambre, débordé de lui-même, le souffle court, incapable de se coucher, et puis il a entendu une porte qui se refermait au bout de la maison, il n'a pu tenir, il a attrapé son blouson, et il est sorti sans bruit, par le jardin.

Il fuit. Le silence de la ville, la pluie mince et froide sur son visage, le mouillé des pavés qui l'oblige à raccourcir le pas, lui sont indifférents. Il marche au hasard, brûlé d'une jalousie qu'il ignorait. Il ne s'en savait pas capable. Jalousie n'est peut-être pas le mot exact, il n'en veut pas à René, il lui est tout simplement insupportable de supposer qu'il ait pu frapper à la porte de la chambre basse, et qu'elle ait ouvert. Il en tremble. Le crachin se mêle à la sueur sur son front. Il s'efforce de faire taire son imagination, s'attarde pendant un instant à regarder les façades, mais chaque fois qu'il pose les yeux sur une fenêtre assombrie, il entend une porte se refermer doucement. Alors il repart, descend les escaliers qui mènent au bord du fleuve, longe les quais, et finit par s'asseoir au bas d'un autre escalier, cherchant éperdument la paix dans le mouvement de l'eau.

Il est rentré avec le jour, sacrifié, trempé de la pluie persistante qui a redoublé avec l'aube. Il espérait rejoindre sa chambre sans rencontrer personne, mais René sortait du bureau au même moment et s'est immobilisé à sa vue, stupéfait, alors il s'est arrêté aussi, il avait des larmes dures au revers des dents, il a esquissé un geste d'impuissance, puis il s'est détourné et il est monté. Il est resté sous la douche pendant un temps infini. Il abdique. Il partira demain. Aujourd'hui, il restera pour Lili, parce qu'il est dans la confidence de la fête, et parce que Pierre arrive ce soir, il en sera assez fort, il le sait bien. Mais demain, il partira. C'était prévu. Ce qui n'était pas prévu, c'est qu'il partirait en lambeaux.
Non, il se ment : il le savait dès le premier soir, il l'avait accepté. Alors il se découvre allégé d'un coup parce que sa présence a permis à René de choisir, et son sourire n'est pas feint, il partira parce qu'il n'est pas capable d'autre chose, mais il est heureux parce que l'amitié est vraie et pendant un instant, ça lui suffit.
Quand il est enfin redescendu, ils étaient attablés. Clara croquait une pomme.

René s'est levé :

- Est-ce que tu peux venir un instant ?
Alain acquiesce avec une brève crispation des mâchoires.
- Viens au labo. Nous y serons tranquilles.
Il le suit sans un mot, essayant désespérément de reprendre pied. René ferme la porte, regarde son ami sans mot dire, passe une main claire sur son visage.
- Bien.
Il soupire.
- Je suis impardonnable.
Alain fait un geste flou. Il est incapable d'ouvrir la bouche.
- Jamais je n'aurais supposé qu'elle te toucherait à ce point, si vite.
Cette fois, il arrive à articuler :
- Moi non plus.
Et puis après un temps :
- Je l'ai su cette nuit.
René se tait. Il observe son ami, conscient de ne pas pouvoir apaiser cette souffrance dont il est la cause. Alain a un sourire pâle :
- Tu n'y es pour rien. Je l'ai bien voulu. Je pars demain. Ça ira.
Et puis :
- Tu sais, nous ne sommes pas amis pour rien.
Le silence est pénétrant.
Enfin, René demande :
- Pourquoi cette nuit ?
- Parce que... à cause du bruit d'une porte.

Ironie ? Une porte se referme doucement, quelque part.

- ...comme ça.

Alain sourit douloureusement. René comprend soudain :

- Je ne suis pas allé la rejoindre. Jamais je n'aurais fait cela.

- Pourquoi ?

- Parce que tu es là et ...

Alain l'interrompt :

- Ça passera. Il fallait bien que je m'en rende compte.

Il inspire profondément, ajoute :

- Merci.

René en est saisi de respect. Quel homme est-il pour pouvoir remercier celui qui l'a poussé à bout. Alain pose une main exténuée sur l'épaule de son ami, se détourne :

- Excuse-moi, je crois que, finalement, je vais dormir un peu.

René va dire quelque chose, mais Alain l'arrête d'un geste, sourit tristement, et s'efface.

En traversant le bureau, il croise le regard de madame Mo, il est surpris de sa gaieté. Au moment où il quitte la pièce, elle dit :

- Vous savez, René s'est trouvé.

Il s'est figé. Il est de dos. Il attend.

Elle poursuit avec douceur :

- C'est grâce à vous.

Comme elle ne dit rien de plus, il hoche la tête,

s'éloigne, et la voix légère le rejoint une dernière fois.

- Mais il doit le dire d'abord, à elle.

Il a baissé la tête. Il tire la porte derrière lui, doucement, il entend le rire de Clara, dans la cuisine, et la voix pointue de Lili. Il ne comprend pas ce que madame Mo a voulu dire, mais il en est singulièrement apaisé. Et quand enfin il se laisse tomber sur son lit, il sombre brutalement dans un sommeil sans fond.

Un bruit insistant le fait retourner. Il y a quelque animal qui gratte dans le couloir. Il ouvre enfin les yeux. Le soleil entre à flot par la fenêtre ouverte, et il réalise soudain que l'on frappe discrètement à sa porte. Il se lève vivement, passe une main floue dans ses cheveux en bataille, ouvre... devant lui, Lili pouffe.

- C'est toi ? Qu'est-ce que tu fais ici ?

- Clara m'a envoyée te chercher.

- Clara ? Quelle heure est-il ?

- Je sais pas, ça fait longtemps qu'on a fini de manger.

Il regarde sa montre, sursaute : il est presque quatre heures de l'après-midi.

- Tu dormais ? Parce que j'ai dû frapper longtemps, j'ai cru que t'étais pas là.

- Oui, je dormais. Est-ce que tu peux aller dire à Clara que j'arrive ? Sinon elle va croire que tu t'es endormie aussi !

Lili s'enfuit à toutes jambes, rieuse. Il baille, va passer la tête sous l'eau pour discipliner ses cheveux, descend, inquiet de lui-même, reprend son souffle avant d'entrer dans la cuisine où Lili s'esclaffe.

Clara l'accueille d'un sourire, lui tend sans cérémonie un cabas rempli, en le pressant d'aller chez madame Mo. Il esquisse un sourire maigre :
- Tu avais besoin d'un porteur ?
Elle rétorque :
- Comme toi de dormir, paresseux ! Voilà où ça mène, de courir les rues comme un chat en maraude.
Il lui lance un regard aigu, grimace :
- C'est la saison !
Et pousse un horrible miaulement qui les fait sursauter. Lili rit aux larmes, s'accroche au cabas en le priant de recommencer, et ils s'éloignent ensemble, la petite sautant autour de lui comme un farfadet tandis qu'il essaie de protéger le sac. Il sourit vraiment, cette fois, parce qu'il va pouvoir faire face. Cela le réjouit.

René avait bien oublié Lili. Il peste contre lui-même. Clara se moque gentiment en le rejoignant dans le couloir :
- Pour une fois que quelque chose t'échappe, dans cette maison ! C'est toi qui es invité, cette fois-ci. On y va ?
Il se rend.
- C'est toi qui as eu cette idée ?
- Non. Elle vient d'eux.

Comme le soleil est de la partie, ils ont sorti

les tables dehors, sur le gravier puisque la pelouse est trop mouillée. Miette dispose des verres, Lili est plongée dans une grande conversation avec Alain. Elle lève vers lui des yeux enjôleurs, lui sourit irrésistiblement, finit par grimper sur ses genoux, et lui, séduit, succombe, et pose sur sa joue un baiser sonore.

Clara sourit, partage à Chris qui vient d'arriver :

- Elle sait s'y prendre, je me demande ce qu'elle peut lui raconter.

Chris est songeuse. Elle interroge soudain :

- Quel âge elle a ?

- Quatre ans... Madame Mo n'est pas là, je vais voir ce qu'elle fait. Tu restes ici ?

Chris acquiesce d'un signe. Pendant que Clara s'éloigne, elle avance avec un peu d'hésitation. Miette lui fait signe :

- Je vais porter le plateau à grand-Mo, tu peux empêcher Lili de me suivre ?

- Je crois que ça ne sera pas la peine, elle est occupée.

- Oui, c'est ce tu crois, mais en une seconde, elle aura filé. Elle est pire qu'une anguille, ça vient peut-être de moi !

Chris sourit enfin.

- Je la surveille. Vas-y.

Lili a écouté avec un air de malice, nichée contre Alain qui discute maintenant avec Léo et René. Au bout d'un moment, comme les femmes ne reviennent pas, elle se laisse glisser à terre, vient mettre sa main dans celle de Chris qui attend, un peu à l'écart.

- Tu veux que je te montre ma cachette ?

- Tu as une cachette ?

- Oui, par là.

Elle montre le fond du jardin.

- Tu viens ?

- Si tu veux, mais on ne peut pas partir longtemps.

- Ils discutent !

Elle entraîne la jeune fille vers la resserre, se faufile prestement derrière une pile de caisses, pousse un cageot qu'elle remet soigneusement en place quand Chris est passée, la précède sur une vieille table branlante, accotée au mur, et montre un trou dans le volet qui donne sur la cour.

- Viens, monte.

Et quand Chris est agenouillée près d'elle :

- D'ici, je vois tout ce qui se passe. Personne sait que je viens ici. Juste toi.

- Pourquoi moi ?

- Parce que... je sais pas. Parce que je t'aime bien.

Chris rit un peu trop fort. Lili pose vivement son doigt sur sa bouche avec une grimace, l'invite d'un geste à regarder par le trou. D'ici, on voit un morceau de rue découpée par la porte cochère, l'entrée du studio, la voiture d'Alain, et le bas du perron huilé de soleil...

- Tu vois, c'est vrai que je vois tout !

Chris s'écarte, fronce les sourcils :

- Et tu viens ici souvent ?

- Des fois. Maintenant, faut y aller, ils vont nous chercher.

Elle a sauté lestement en bas de la table, elle est déjà dehors alors que Chris remet encore le cageot en place, arrive derrière Léo à l'instant précis où il demande : où est Lili ? et fait un clin d'œil à la jeune fille qui rit de bon cœur en se demandant ce qu'elle peut ignorer de la vie de cette maison.

A ce moment, madame Mo sort avec un énorme gâteau que surmontent fièrement quatre bougies. Lili en reste muette. Miette et Clara suivent en portant des paquets, et une sorte de valise violette, grillagée, que Clara pose sur la table. Bougies soufflées en riant, paquets déballés, papiers jolis et rubans dans les nattes, Lili danse et bat des mains, tournoie, montre tout à chacun, serre contre son cœur un livre de contes qu'elle offre à Léo, tu me les raconteras, approche enfin la valise violette, regarde, relève la tête, muette à nouveau, les yeux étoiles, tend la main, quelqu'un ouvre les petits verrous, et attrape dans la caisse une pelote de poils qu'elle recueille avec émerveillement. Un chaton blanc, les yeux encore incertains, et la queue rousse, seulement la queue, comme une virgule, l'observe sans crainte. Il porte un petit harnais et une laisse, pour qu'il ne se sauve pas, au début, dans le jardin, dit Clara, mais il est sans peur aucune, il se blottit dans les mains câlines, se laisse caresser, approche un nez délicat du visage penché sur lui, fouille dans les cheveux, derrière l'oreille, en ronronnant de plaisir. Lili en est toute rose. Elle dit, je vais l'appeler Moustique. Elle a oublié le gâteau et le livre. Elle chantonne, Moustique, Moustique, et soudain se tourne vers Chris : tu veux le caresser ?

Chris a hésité, elle a caressé le chaton, elle calculait dans sa tête que Miette devait avoir quinze ans, à peu près, à la naissance de Lili qui lui fait alors un sourire immense.

 - C'est toi qui l'as amené dans la caisse, je t'ai vue arriver.

Chris sourit :

 - Tu vois vraiment tout !

Et Lili :

 - Ben oui.

Au soir tombant, Miette, en rangeant la vaisselle, parle avec Chris qui lui dit, pour l'avortement. Miette répond que pour Lili, elle ne s'était même pas posé la question, elle avait eu envie que ça se voie, tout de suite, parce qu'elle était contente sans trop savoir pourquoi. Elles ont parlé encore, de ça et d'autre chose, mais au moment où Chris allait partir, Miette a montré Lili qui caressait le chaton endormi, elle a dit : elle serait pas là. Et Lili, en sentant leur attention, a fait un clin d'œil à Chris.

Elle est rentrée lentement. Le choix se pose

en d'autres termes. En traversant la cour, elle jette un regard vers le volet : le trou, d'ici, est invisible. Elle sourit.

Quand elle ouvre sa porte, une voiture s'engage sous le porche. Elle reconnaît l'ami de René pour l'avoir croisé dans la cour, quelques jours plus tôt, lui adresse un signe de bienvenue auquel il répond courtoisement, et rentre chez elle.

René l'a vue sourire, depuis le bureau. Il en est heureux. La guerrière a baissé sa garde, et ce pourrait bien être le plus beau cadeau du jour. Il va accueillir son vieil ami avec chaleur, se réjouit du perçant de son regard et de cette réflexion :

- Tu t'en es sorti, ça se voit.

- Tu es devin ?

- Non, observateur. Pardonne-moi, mais je suis rompu. J'aimerais m'asseoir.

Il progresse sur ses cannes avec plus d'efforts encore qu'auparavant.

- Un peu trop de voiture, c'est tout. Mes vertèbres n'en peuvent plus.

- Tu n'aurais pas dû repasser par ici.

- Au contraire. Cela me permet de faire une étape. M'autorises-tu à m'incruster chez toi jusqu'à demain après-midi ?

- Bien sûr, et plus longtemps si tu veux. Tu préfères t'asseoir dans la bibliothèque ou dans la cuisine ?

- Le fauteuil de la cuisine conviendra fort bien. Nous éviterons ainsi un déplacement supplémentaire.

A sa vue, Clara rayonne. Il remarque :

- Vous êtes toujours aussi charmante, la contemplation de votre sourire me console de bien des maux, et si vous poussiez la bonté jusqu'à m'approcher ce fauteuil, je baiserais volontiers vos belles joues.

- Vous êtes incorrigible.

Elle l'aide à s'installer, et quand il soupire d'aise, elle l'embrasse chaleureusement.

- J'ai beaucoup de plaisir à vous revoir, Pierre, vous me manquiez.

- Auriez-vous besoin d'un conseil ?

- De votre conseil.

- Je m'en doutais.

Il se tourne vers René :

- Mon cher, qui résisterait ?

Il revient à elle :

- Puis-je vous prier encore de me donner un verre d'eau ?

Elle remplit un verre à la carafe qui attend sur la table :

- Je vais chercher Alain, et puis nous pourrons passer à table.

- Je croyais qu'il t'aidait ?

- Il était fatigué.

Elle s'esquive vivement avec un sourire d'excuse. Pierre remarque crûment :

- Si je comprends bien, tu l'as foutu dans la merde. Je parle d'Alain.

Il sourit du sursaut de René, précise, candide :

- C'est bien le langage qui convient ?

- Tu es dur.

- Non, réaliste. S'il disparaît sous quelque fallacieux prétexte, fallacieux pour un homme de sa constitution, c'est qu'il préfère éviter Clara. Me trompé-je ?

- Non.

- Eh bien... tu as fait un beau gâchis.

Il dévisage son ami avec compassion.

- Je n'aurais peut-être pas fait mieux...

Il contemple son verre. René se tait.

- Par contre, je ne suis pas sûr d'être capable de ce que tu vas faire.

René sourit.

- Comment sais-tu ce que je vais faire ?

- Je te connais, et je te vois maintenant. Ça ne peut qu'être pire.

Ils échangent un regard de connivence.

- Donne-moi encore un peu d'eau, s'il te plaît.

Il boit lentement pour offrir du temps au silence. L'horloge écrit les secondes, paisiblement, et le fait sourire : d'habitude, ils l'oublient tant elle est discrète. Il s'attarde un moment à contempler le mouvement doux du balancier, soupire :

- Ta maison est toujours aussi réconfortante. On s'y sent bien.

- Je croyais que rien ne valait ton appartement.

Il ne répond pas immédiatement. Il cueille l'instant de repos qui lui est offert, reprend posément :

- Je n'ai pas dit confortable, j'ai dit

réconfortante.
- Elle vit.
- Oui, ce doit être cela.

Il se tourne malaisément en entendant des pas derrière lui.
- Ah, vous voici ! Bonsoir, très cher.
Alain lui serre la main, amical.
- J'ai plaisir à vous revoir. La route ne vous a pas trop fatigué ?
- Je survivrai, mais vous, vous avez l'air moulu.
Il reconnaît de bonne grâce :
- C'est exact, mais je m'en remettrai.
Pierre hoche la tête :
- Je le souhaite.

Ils ont croisé les silences et les plaisanteries douces-amères, tranquillement. Alain est souriant, avec de la douleur au fond des yeux qu'il ne parvient pas à masquer. Peut-être n'essaie-t-il pas. Il leur offre donc un regard nu qui les touche plus qu'un éclat. René répond par une lumière droite et paisible, et un abandon vrai à se reconnaître fautif. Pierre observe Clara.

Elle est douce. Il ne trouve pas d'autre mot. Il la regarde manger, délicatement, un peu rêveuse parfois. Quand elle croise son attention, elle s'émeut légèrement, embarrassée. Elle les écoute. La lumière de la lampe qui cercle la table, et l'ombre des voûtes, derrière elle, la font paraître plus claire encore que de coutume. Elle réveille en lui l'envie de la protéger, de baiser cette bouche tendre, amicalement, d'entourer ses épaules pour l'abriter de quelque souffrance étrangère. De visiter peut-être cette clarté troublante qu'elle-même ignore. Et parce qu'il la regarde jouer avec un morceau de pain, il se dit également que ces mains sensibles et fortes sauront panser bien des blessures, et que l'homme qui s'en remettra à elles sera comblé.

Il les comprend, ces deux hommes, il les plaindrait presque parce qu'elle est redoutable, dans cette simplicité qu'elle a de se lever pour poser les plats sur la table, chercher à boire, mettre l'eau à chauffer. Elle est redoutable quand elle reçoit d'un sourire le cidre que lui offre Alain, quand elle le laisse desservir, quand elle l'invite à préparer le thé, quand elle parle. Elle est redoutable encore quand il cherche la boule à thé, par derrière elle, et que sans un mot elle se lève, la prend dans un tiroir et la lui tend naturellement, parce qu'elle a perçu ce qu'il voulait sans attendre sa demande.

Pierre croise soudain le regard amusé de René, fait un geste d'impuissance en la désignant :
    - Mes pauvres amis, comme je vous comprends.
Il a employé un ton fataliste qui les fait rire.
    - Clara, ma mie, vous m'êtes un mystère. Je

ne saisis pas d'où vous viennent tant de charmes, j'en décèle de nouveaux à chaque instant. Auriez-vous usé d'un filtre ?

Il lui sourit avec gentillesse, poursuit en changeant de position avec effort :

- Me permettrez-vous cependant de proposer que nous nous rendions dans la bibliothèque. Je m'accommoderais mieux de la chauffeuse.

Le soir est ralenti. Alain hésite à rallumer le feu que la tiédeur du jour a éteint, mais Pierre l'invite à aller dormir : il titube. Il s'incline, avoue un épuisement qui ne doit rien au manque de sommeil, et se retire sans attendre.

Clara boit son thé trop chaud du bout des lèvres. Ils sont silencieux. Pour une fois, René n'est pas entré en musique.

Plus tard, Pierre leur souhaite une bonne nuit, doucement, et s'éloigne après avoir refusé l'aide qu'ils lui proposent. Ils l'écoutent peiner dans le couloir, et quand la porte de sa chambre se referme, René se lève, prend un châle oublié sur une chaise et le pose sur les épaules de Clara :

- Veux-tu rester un peu ?

Elle hoche la tête. Il hésite, finit par dire :

- Tu veux bien que nous allions dans le bureau ? Il y fait plus chaud.

Il fait vraiment plus chaud dans le bureau. Elle s'en étonne vaguement, attend, et, comme il reste silencieux, s'approche des bonsaïs, effleure le tronc noueux d'un pin.

- C'est comme une forêt. Ils sentent bon.
Il répond après un temps :
- Je les ai reçus de mon père. Il ne pouvait plus marcher, il les a invités chez lui. Ce sont des amis.
- Je comprends.
Elle revient, lève vers lui un regard attentif. Il resserre sur elle les pans de son châle.
- Tu n'as pas froid ?
- Non.
- Tu veux t'asseoir ?
- Non.
Il se tait, il la dévisage. Après un temps, il se décide :
- Je voulais te dire...
S'interrompt.
Les yeux de Clara le perdent.
Il tend la main.

Il touche cette peau si douce, son cou, les mèches de ses cheveux dénoués, puis il clôt son regard. C'est cela. Il a posé la main sur les yeux trop beaux. Il respire.
- Je voulais te dire... je t'aime.
Elle s'est détournée sous sa main. Elle appuie son dos contre lui, il a laissé sa paume en bandeau sur ses yeux. Il caresse son épaule sous la laine.
- Je ne le redirai plus. Maintenant... tu m'as appris la douleur, le déchirement... l'impuissance... tu m'as conduit à la faiblesse jusqu'à l'aveuglement.
Il inspire, reprend :
- Jusqu'à cette tentation de céder quel que soit le prix à payer, y compris celui de la souffrance d'un ami.
Elle sent la retenue de la main sur son épaule, et cette contraction qui avoue plus que les mots l'âpreté du combat. Il soupire :
- Tu m'as amené au bout de moi, et au bout il y avait moi vraiment. Sans toi, je ne le saurais pas... je ne saurais rien.

Il se tait, il pose sa bouche sur les cheveux fins.

Plus tard, il dit :
- Tu es celle que j'aime. C'est un verbe qui n'existe qu'au présent : demain tu es celle que j'aime, et après ma mort, tu es celle que j'aime.
Il sent sa paume se mouiller des larmes qu'elle perd. Il la fait pivoter contre lui.

Elle est contre lui, au milieu de ses bras. Elle perd des larmes.

- Je sais qui je suis, ma douce. J'avais une bonne réponse. Ta vie n'est pas pour moi, mais ton bonheur est mon bonheur. Pierre avait raison.
Il sourit, referme ses bras sur elle.

- Je suis heureux de ta vie, toute pure, et ton bonheur me comble. Quel qu'il soit. C'est sans futur. Ça n'est pas l'immédiat, aujourd'hui est impossible, mais c'est au présent, éternellement. Au présent.
Sa voix l'étreint plus profondément que son corps :

- Mon cœur... si je pouvais te dire...

Il lève tendrement vers lui son visage, il essuie les larmes, il l'écarte, il tient ses mains dans les siennes, il baise ses doigts, puis l'éloigne de lui, la lâche...

Elle s'est détournée, elle marche vers la porte.

Il vacille...

Il entend son pas dans l'escalier.

Alors il retient au bord des dents une souffrance inexprimable. Ce qu'il lui a dit est vrai. La souffrance est vraie. L'une va peut-être avec l'autre.

Elle est à la fenêtre, la nuit tremble au bord des cèdres, les ruelles désertées glissent en silence. Elle essuie son visage à deux mains. Elle savait déjà ce qu'il allait dire, elle l'avait deviné depuis longtemps, mais elle espérait que, bien qu'il ne soit pas un homme de plaisir, il voudrait de la douceur d'un jour. Elle frémit parce que l'amour qu'il dit est inaccessible, elle n'est qu'une femme, elle a besoin de toucher, de partager toutes les joies, celles du corps aussi, elle frémit parce qu'elle sent pourtant cet amour autre posé sur elle comme un manteau.

Lentement, elle se dévêt, s'allonge enfin, laissant glisser l'eau sur ses joues, épuisée. Le trouble est là, elle est épuisée des regards des hommes sur elle, de cette façon qu'ils ont de s'émouvoir, de la désirer, de l'entourer. Elle pleure parce qu'elle est aimée et qu'elle blesse sans le vouloir ceux qu'elle aime. Ils sont atteints d'eux-mêmes, bien sûr, mais elle en est la cause.
Elle ne veut pas de la douleur dans le sourire d'Alain, elle ne veut pas cet arrachement que René s'impose et qu'elle sait, elle ne veut pas la

compassion de Pierre pour eux tous. Elle voudrait seulement une place simple, moyenne, des sourires partagés, de la tendresse, elle voudrait n'être pas elle, elle voudrait...
Elle dort avec la candeur d'une enfant. Elle rêve qu'elle est debout, un miroir à la main. Elle ne voit rien. Et tout à coup, le miroir tombe, il éclate dans un silence vertigineux, elle se penche, tente désespérément de rassembler les fragments épars qui déclinent son image à l'infini.
Alain est dans le rêve. Il balaie d'un geste les éclats, tend sa main vers elle.
Sur sa paume, il a écrit son nom.

Elle s'est réveillée en sursaut. Il fait encore nuit. L'ombre qui noie la pièce est tiède et secrète, habitée d'un parfum léger qu'elle n'identifie pas tout de suite. Elle se lève, s'habille, et au moment de sortir, hésite un instant, et soudain sourit : sa chambre garde l'empreinte des roses de René... Immarcescibles. Le mot la fait sourire encore. C'est l'un de ceux qu'elle a aimé tout de suite, sans en connaître le sens, parce qu'il lui semblait contenir tout entier la mer étale et le soupir des vagues sur le sable. Rose immarcescible... L'un des noms de la Vierge, lui avait dit René, en se moquant d'elle tendrement parce qu'elle détachait le m des lèvres comme on envoie un baiser.
Elle referme silencieusement la porte sur cette douceur, s'attarde à contempler le beau portrait de femme qui veille sur le palier. Seul le visage éclôt

dans la pénombre, serein, et les deux mains comme des fleurs pâles. Elle en est curieusement apaisée. Alors elle se détourne, descend sur la pointe des pieds, s'étonne de voir de la lumière dans la cuisine. Quand elle en pousse la porte, Pierre lui sourit.

- Déjà debout ?

- Je croyais bien être la première.

D'un commun accord, ils parlent bas. Pierre lui tend la théière :

- Je n'ai pas fait de café.

- C'est très bien comme ça, merci. Vous êtes toujours levé à cette heure ?

- Et vous ?

- Non.

Elle sourit :

- Je ne pouvais plus dormir.

- Moi non plus. Le matin, je souffre trop. Mais je suppose que votre dos est en bon état ?

- Oui.

- Alors c'est le cœur ?

- Peut-être.

Elle plonge dans son bol. Il l'observe amicalement. Elle croise son regard, avoue avec humour :

- J'ai l'impression qu'ici, personne ne me demande mon avis... et aussi de n'avoir d'autre choix que de m'abandonner au courant en espérant arriver quelque part.

- Ils vous aiment.

- Il paraît, mais je fais quoi ? Est-ce qu'ils se soucient de mes sentiments, à moi !

- Vous les troublez trop, c'est par honnêteté qu'ils vous éloignent. S'ils vous éloignent ?
Elle rit doucement. Il a le regard bien trop affûté pour que ce soit une vraie question.

- René dit que mon bonheur est son bonheur, mais sans lui. Mais qu'est-ce qu'il en sait ?

- Je lui ai déjà posé cette question. Il a répondu par l'ordre des choses. Maintenant, je crois qu'il a une autre manière de comprendre sa réponse, peut-être plus juste.

- Laquelle ?

- Il faut le lui demander.
Il se redresse péniblement, cherche un peu plus de confort.

- Ne voulez-vous pas vous installer dans la chauffeuse ? J'amènerais le thé là-bas.

- Non, mon enfant. Profitons encore du silence de cette maison, que ne me soit pas retirée trop tôt la joie de votre présence.
Il a dit cela avec une douceur qui lui fait monter les larmes aux yeux.

- Vous voyez, il vous faut un ami, et du silence. Il y a trop de regards sur vous, ils vous font trop solitaire. Avez-vous une amie avec qui vous pouvez partager ce que vous êtes ?

- Non. Ce que j'appellerais une amie, non. Ce que je suis... je ne sais même plus qui je suis. Je ne me comprends plus...
Il sourit :

- Toute pure... et un ami qui ne succombe pas à votre charme ?

Elle rit. Il insiste :

- Une amitié vraie, de celles qui ne laissent pas de place au mensonge et ne sombre pas dans une sensualité débridée ?

- Selon cette définition, René est un ami. Ils sont tous les deux comme ça.

- Mais ils ne vous écoutent pas. Ce ne sont pas des amis.

- Ils écoutent tout, sauf ce qui les concerne, eux.

- C'est bien ce que je dis. Ils ne vous écoutent pas. Ils sauraient sans cela que vous êtes seule, que vous êtes vraie, que vous êtes faite pour toucher, aimer, vivre, et partager. Ils sauraient que leur soif répond à la vôtre, et qu'en vous refusant, ils vous refusent la vie.

- Vous les pensez ensemble...

- Oui, mais loin de moi la pensée que vous deviez vous partager !

Il lui lance un regard vif par-dessus ses lunettes :

- Je les pense ensemble parce que vous ne pouvez pas les dissocier vous-même.

Elle s'empourpre d'un coup.

- Ne vous troublez pas, c'est tellement naturel, je reconnais en Alain tout ce qui séduit en René, y compris l'exigence. Ce n'est pas simple ! D'autant que René se pose en homme d'âge et de sagesse, et se dérobe depuis le début. Regardez-moi, est-ce que je me trompe si je vous dis qu'Alain vous trouble bien plus que vous ne le voudriez, que vous êtes piégée par votre honnêteté, que vous

donneriez très cher pour ne pas les avoir rencontrés tous les deux, mais seulement l'un ou l'autre ? Me trompé-je ?
Elle le regarde avec désespoir.

- Non. Je crois que vous avez raison. Je crois que, parce qu'ils sont amis, et parce qu'ils...

- ...vous aiment tous les deux ?

- Oui.

- Il va vous être impossible de vous donner à l'un ?

- Oui.

- Même si l'autre l'accepte ?

- Je ne saurai jamais si l'intention est pure. S'il n'y a pas d'ambiguïté. En moi comme en eux...

- Vous ne le supporteriez pas.

- Non.
Il regarde le visage clair tourné vers lui, il sourit :

- Je les envie… Je crois que les voici. Me pardonnerez-vous cette conversation ?
Elle se lève, lui pose un baiser léger sur la joue :

- Seriez-vous un ami capable de résister à mon charme ?

- Je n'osais espérer une telle réponse.

Dans le matin claquant de soleil, Chris cherche Miette, mais c'est madame Mo qu'elle trouve.

- Vous savez où est Miette ?

- Elle n'est pas encore levée. Léo doit être resté.

Chris esquisse un sourire embarrassé.

- Bon. Je crois que je vais revenir plus tard.

- Viens cet après-midi.

- Oui.

Elle s'éloigne de quelques pas, se ravise soudain.

- Lili n'est pas là ?

- Elle doit jouer avec son chat, quelque part.

- Je vous dérange si je reste un peu ?

- Non. Tu vas m'aider à éplucher les légumes.

Elles sont entrées. Chris n'était jamais venue ici. Elle jette un coup d'œil discret sur la pièce, s'étonne de la trouver très claire et simplement meublée, et dans le même temps sereine. Le temps s'arrête à la porte. Il n'y a rien sur les murs hormis une très belle icône, et, vers le fond de la pièce, un autel et une statue du Bouddha. Elle s'assoit en prenant le couteau que Grand-Mo lui tend. Elle finit par interroger :

- Ça représente quoi ?
- L'image ?
- Oui.

Madame Mo sourit :

- C'est un cadeau de René. Il me dit que c'est le baptême du Christ.
- Ah...vous y croyez ?
- Non. Mais j'aime cette image. Je ne la comprends pas, mais j'aime la regarder.

Chris se tait. Elle épluche une carotte à demi, relève les yeux sur l'icône, remarque :

- On dirait qu'on le lave.
- Peut-être.

Elle sourit un peu, reprend :

- C'est bien de se dire que c'est possible. Qu'on peut être lavé.
- J'aurais pas envie d'être lavée par quelqu'un.

Madame Mo la regarde avec douceur, remarque enfin :

- Il y a des choses qu'on ne peut pas laver tout seul. Ça arrive.

Chris a repris son ouvrage sans rien dire, avec application, mais au bout d'un temps, elle esquisse un geste vers l'autel :

- Alors c'est ça, votre religion ?
- Oui.
- C'est important pour vous ?
- Oui.

Madame Mo sourit, demande :

- Tu as une religion ?
- Je ne sais pas.
- Tu ne sais pas ?
- Non.
- Tes parents n'en ont pas ?
- Si, je suppose.
- Eh bien moi, ils en avaient une qu'ils m'ont enseignée. Ils m'ont enseigné les coutumes, parce que la vraie religion, elle ne s'enseigne pas, on peut juste t'en montrer le chemin. Tu la trouves et tu en vis, ou pas. Je l'ai trouvée.
- Il faut faire comment ?
- Il faut simplement chercher et prendre le temps de se taire. Et puis accepter de trouver.
- Alors je ne crois pas que mes parents en aient une.

Elle se tait à nouveau. Puis, quand madame Mo se lève et rassemble les épluchures, elle dit.

- Vous savez, je suis enceinte.
- C'est pour quand ?

Chris sursaute :

- Je ne peux pas le garder.

Madame Mo sourit :

- Je vais mettre tout ça sur le compost. Attends-moi ici.

Chris n'ose pas refuser, elle attend. Au bout d'un moment, elle sort, parce que grand-Mo ne revient pas, puis elle rentre à nouveau, regarde un moment l'icône, puis va devant l'autel, pour s'occuper. La statue du Bouddha lui sourit.

Elle attend encore, finit par s'asseoir sur le tapis sans quitter le sourire des yeux. Et puis elle pleure.

Après un temps encore, elle est en paix.

Elle se rend compte alors que Grand-Mo est assise un peu en retrait, et l'observe avec bienveillance.

Lili était bien avec le chat. Elle est assise sur les marches du studio, dans la cour, Moustique dûment attaché. Il joue avec sa laisse pendant que la fillette regarde Alain mettre de l'ordre dans sa voiture.

- Tu vas partir ?

- Oui, je ne peux pas toujours rester ici.

- C'est où, chez toi ?

- Pas très loin de la mer. Tu connais la mer ?

- J'ai vu des images. Tu habites une ville ?

- Non. J'habite un moulin tout seul, dans les arbres.

- Un moulin avec des ailes ?

- Non. Un moulin au bord d'une rivière. Tu viendras peut-être un jour. Tu pourrais te baigner. Elle réfléchit :

- J'aimerais bien. Mais t'as pas peur, tout seul ?
Il rit.

- Non. J'aime ça. Mais je ne suis pas complètement tout seul, j'ai des voisins très gentils sur la colline, plus haut, et un gros chien qui s'appelle Tao.

- C'est un drôle de nom.
Elle rattrape Moustique qui tente une escapade.

- Tu pars aujourd'hui ?

- Oui, peut-être.

- Pourquoi ?

Il sourit :

- Mademoiselle la curieuse, si on te le demande, tu diras que tu ne sais pas.

- Pourquoi tu veux pas répondre ?

- Parce que c'est indiscret.

- Ça veut dire qu'il faut pas le dire ?

Il capitule en riant franchement :

- J'ai un ami qui habite chez moi pendant que je ne suis pas là. Il faut que je lui téléphone, et s'il est là, je rentrerai cette nuit. Sinon, je serai obligé de rester jusqu'à demain.

- Moi, je disais pourquoi tu pars, pas pourquoi tu sais pas quand. Je pensais que c'était à cause de Clara.

Il hausse les sourcils, stupéfait :

- Pourquoi ?

- Parce que hier, tu la regardais, et tu avais le même air que Léo quand maman veut plus lui parler. Je croyais qu'elle voulait plus te parler.

Il rit sans répondre, referme la voiture, lui lance en s'éloignant :

- Miette va te chercher, tu ne crois pas ?

- Elle est pas réveillée. J'attends Chris.

- Eh bien à plus tard.

Elle lui fait un signe de la main, secoue la tête en le regardant partir. Les grandes personnes sont quelquefois vraiment très bêtes

Alain a téléphoné au moulin. Plusieurs fois. Il n'y a personne. Pierre sourit en le voyant tourner dans la pièce comme un fauve en cage :

- Vous devrez rester encore un peu.

- Je ne sais pas où est passé Marc ! Je lui avais dit que je rentrerais ces jours-ci.

- Était-ce un conditionnel ?

Alain s'arrête :

- Oui. Je suis un imbécile.

- Vous ignoriez qu'il vous serait nécessaire de fuir...

Alain se retourne, rencontre un sourire malicieux, rit de bon cœur :

- C'est vrai.

Il ajoute plus bas :

- Je dois bien reconnaître que je ne pense qu'à me sauver.

Pierre l'observe, remarque enfin avec gentillesse :

- Et le salut serait dans la fuite ?

Un regard sombre lui répond :

- Vous êtes pire que René : rien ne vous arrête.

- Pardonnez-moi, c'est un travers de l'âge. Je sais trop que, s'il faut savoir attendre, il faut aussi se poser les bonnes questions, au bon moment. Après c'est trop tard.

- Donc, vous me la posez. Elle serait bonne ?

- Je ne sais pas. C'est une question.

Alain a un sourire maigre :

- C'est que je suis incapable d'autre chose.

- Je vous croyais pourtant capable de faire face.

- Je ne peux pas faire face.

Il est démuni à un point tel que Pierre en est touché.

- René est mon ami, et il l'aime. C'est tout. Je n'ai rien à faire là, même s'il m'y a mis, et je ne peux pas supporter de les voir ensemble parce que je suis tombé. Tombé amoureux d'elle.

Il passe une main imprécise dans ses cheveux.

- Tombé c'est le mot juste. Ça fait mal.

Il a parlé doucement. Pierre soupire. Clara a raison, il eut été plus simple qu'ils ne se rencontrent pas, ou plus tard, dans un ordre établi où les rôles distribués auraient imposé leur loi.

- Mon pauvre ami, vous fuyez horizontalement, et René se sauve verticalement. Que lui reste-t-il, à elle ? Vous êtes, malgré tout, le plus facile à rattraper, les kilomètres ne sont rien. René est insaisissable, il ne faiblira plus : il est allé au bout... Mais vous, trouverez-vous une issue ? Est-elle dans l'éloignement ?

Alain se tait, il sait bien que le vieil homme a raison. Il sait bien qu'il se leurre. Il s'adresse un sourire ironique :

- Momentanément, c'est mieux. Chez moi, il n'y aura pas Clara et il y aura du travail. Ça aide.

Pierre sourit :

- Vous savez, il y a dans tout le pays quelque chose qui s'appelle hôtel. C'est parfois assez commode, surtout si vous craignez de rester plus longtemps ici.

Alain lui répond d'un rire, prétexte un travail à finir et s'esquive, s'avouant avec un peu de malaise qu'il ne choisira pas cette solution-là, il préfère ne pas trop en approfondir la raison.

Pierre a rejoint le bureau. Il s'effondre dans un fauteuil sous le regard inquiet de René.

- Tu parlais avec Alain ?

- Oui, il n'arrive pas à joindre son ami.

- Il l'aura ce soir.

- Oui, mais il espérait partir aujourd'hui.

René soupire. Attristé.

- Nous ne nous en sortirons pas. Je suis un imbécile.

- Il dit la même chose à son endroit ! Vous vous en tirerez. Si tu es passé, ils passeront. Si toi, tu es capable de les laisser vivre, eux, ils seront capables de vivre. Il faut reconnaître que c'est plus facile.

- De quoi faire ?

- De vivre. Il suffit d'assez d'humilité.

- Qu'est-ce que tu veux dire ?

- Entre autres choses, il suffit qu'il soit assez humble pour accepter de recevoir une femme de tes mains. A toi d'être assez pur dans tes intentions pour qu'ils ne puissent pas douter de toi.

- Elle n'est pas un colis !

Pierre sourit finement :

- Je suis heureux de te l'entendre dire. Il me semblait que, parfois, cela vous échappait à tous les deux. Vous serait-il possible, au lieu de vous éloigner d'elle, prétendument pour son bien, d'envisager que son bien puisse être vous, je ne dis pas l'un et l'autre ensemble, mais je dis qu'elle ait la liberté de choix qui lui est due ? J'en viendrais presque à souhaiter qu'elle vous plante là tous les deux, si je n'avais le sentiment que ce serait une erreur. Je vous en prie, cessez de la regarder, et débrouillez-vous pour reconnaître sa vie. Auriez-vous peur ? Elle est une femme, pas une potiche ! Elle est tout ce qu'un homme peut rêver ! Alors libère Alain vraiment : il se castre lui-même par honnêteté envers toi. Tu n'as pas le droit de le laisser faire, même si toi, tu en es capable.

Il s'est emporté vraiment. Devant le silence de son ami, il s'adoucit :

- Qu'il soit un homme devant elle... elle sera également libre d'elle-même. Vous êtes des gens...

Je n'en connais pas beaucoup à pouvoir traverser une histoire comme celle-ci sans en arriver à la rupture. Alors je vous en prie, allez jusqu'au bout, que nous puissions encore rire ensemble autour d'un pot au feu sublime comme celui qui mijote sur ta cuisinière.

René s'est détourné. Pierre, quand il reprend souffle, remarque l'anormal silence, esquisse un geste d'excuse envers Alain qu'il découvre frappé de stupeur, dans l'embrasure de la porte. Celui-ci fait un vague signe de la main, secoue la tête, recule sans bruit, plongé dans un abîme blanc où surnagent quelques mots...
Au fond du couloir, la porte du jardin s'ouvre sur Clara qui entre, les bras débordants de fleurs.

Un instant égaré, Alain la regarde approcher, puis se souvient d'un coup de la tirade de Pierre, alors il sourit, demande s'il a du temps avant le repas, et quand elle répond : un quart d'heure, avec un peu de surprise, il hoche la tête et se prépare à monter. Elle l'arrête :

- Tu as vu, Léo a du piller tout le voisinage pour nous offrir ça !

- C'est Léo ?

- Oui. Il en a ramené autant à grand-Mo. Pour nous remercier, mais de quoi, je ne sais pas.

- Moi, je sais. Je suis là-haut. A tout de suite.
Elle s'étonne, puis sourit à son tour en plongeant son visage dans les fleurs, ravie de leur parfum.

Un peu plus tard, le repas est prêt, le pot au feu embaume, et Clara resplendit, cheveux relevés et mèches échappées, dans un pull trop grand. Elle ne sait pourquoi, mais elle a dressé un couvert de fête, nappe blanche et vin en carafe qu'un rai de soleil touche de rubis; la vieille argenterie dépareillée luit discrètement, les narcisses frémissent, lait et cuivre, dans un grand vase pourpre. Le soleil décline sur la voûte un arc en ciel puisé à l'eau d'un verre, qui vibre et danse quand Clara pose les plats sur la table. Elle clôt les lèvres, baisse les yeux pour contenir une joie pure dont elle ignore la source, sans se douter qu'elle en rayonne d'autant. Pierre s'émerveille : elle est un printemps, soudain, qui enchante la pièce. René s'est appuyé au mur, il la regarde.

Il la regarde.
En silence.
Puis il se détourne, s'éloigne. Et arrivé dans le couloir, il lance :
        - Je vais chercher Alain.

        Alain était sous la douche. L'eau s'arrête de couler immédiatement, et quelques secondes plus tard, il surgit, essuyant ses cheveux avec vigueur, torse nu.
        - Excuse-moi, je traînais.
René s'est figé. Atteint. D'un coup. Trop de vigueur, trop de vie débordante, lui font sentir la mort dans tous ses os. Alain est dans cette force d'âge où la fougue se discipline pour se mettre au service de l'homme, et le voir là, devant lui, dans cette plénitude, lui est insupportable.
Il a rompu d'un pas.

Alain ralentit son geste, plonge dans le regard trop

bleu.
Droit.
Il y rencontre le feu.

Alors flamboie irrésistiblement la guerre. Celle qu'ils mènent contre eux-mêmes. Elle se détourne vers l'autre parce que c'est plus facile. Brutale. Éclatante. Jalouse. Ils en sont ébranlés tout entiers. Dans un silence vibrant, tendu comme la corde d'un arc, l'un pesant de toute sa vitalité, l'autre écrasant de maîtrise, ils se regardent. Affrontés. Cette guerre, ils ne la connaissaient pas, elle était enfouie d'amitié, inacceptable, ils ne pouvaient pas la voir, et soudain elle jaillit d'eux comme naphte, souveraine pendant une seconde, juste une seconde, le temps pour eux de se reprendre comme on assoit un cheval sur les hanches d'une main impitoyable, parce qu'enfin, ils l'ont vue.

Ils ont cillé.

Il y a ce temps incertain où ils tanguent à fleur de peau, et puis ils cèdent.
L'un et l'autre.
L'un pour l'autre.
Ils renoncent.

Et d'un geste de pardon identique, ils croisent leurs mains sur leurs épaules, brûlés, donnés et libérés ensemble, sans condition, bouleversés vraiment parce qu'ils pouvaient le mal et l'ont désiré pendant un instant également, je veux dire avec une égale intensité, ils en sont atterrés, et leur étreinte l'avoue, implore le pardon et le donne, il s'en est fallu de si peu, ils en frémissent encore...

Quand ils passent ensemble la porte de la cuisine, ils sont saisissants d'unité.

Le repas les renouvelle. Ils usent d'un humour léger qui les réconcilie avec eux-mêmes, Alain rit doucement, croise souvent le regard de son ami, bleu calciné, livré, y puise la force de plaisanter avec Clara simplement et de faire à Pierre un signe apaisé. Ils laissent parfois s'étirer un silence, se reposent, Clara sourit au soleil qui touche les narcisses, joue avec son verre, et le vin danse et joue, lui aussi, avec la lumière. Le café s'éternise tant ils ont plaisir à demeurer ainsi retrouvés, et quand Pierre, enfin, se décide à partir, c'est après avoir fait promettre à Clara de lui écrire.

- Mon enfant, j'ai trop de joie à votre amitié, ne m'en privez pas. J'essaierai de ne pas vous faire défaut.

- Je vous dois trop pour vous oublier. Mais promettez-moi de respecter notre accord.
Il s'étonne, elle sourit :

- Ne succombez pas à mon charme. Restez un ami.
Il lui a pris la main, la presse avec douceur.

- J'ai déjà succombé, mais vous n'avez rien à craindre. Cela ne fait qu'ajouter du prix à l'amitié.

Et peut-être la teinter d'un amour tout paternel.
L'accepterez-vous ?
Elle répond à son geste sans rien dire.
        - Bien. Il faut donc partir. Alain, pouvez-vous m'aider ? Une fois en voiture, tout ira bien, je n'aurai plus qu'à me déplier à l'arrivée.

        Ils l'ont accompagné dans la cour, lui ont fait un dernier signe amical, ils se préparaient à rentrer quand la voix de Chris résonne :
        - Clara ?

Elle s'est retournée. Les hommes se sont éloignés. Chris traverse la cour, hésitante :
        - Vous avez du temps ?
Clara la regarde avancer, touchée de l'enfance écrite au rond de sa joue, du sérieux des yeux clairs, et de l'indéfinissable plénitude que lui donne la vie qui patiente en elle. Le soleil glisse sur les cheveux de cendre, les casquent d'un or chaud qui réveille le pâle du visage. Elle s'arrête à quelques pas, baisse les yeux, interroge encore :
        - On peut parler ?
        - Je vais ranger, tu m'accompagnes ?

Elles sont rentrées en silence, un instant noyées dans la tiède pénombre du couloir, ressuscitées en passant la porte de la cuisine parce que le soleil entre en plein par les fenêtres qui donnent sur le jardin.

Clara sourit, remarque à voix haute le plaisir du printemps tout en s'affairant. Chris commence à empiler les tasses en silence, s'arrête soudain et jette :

- Et si je veux le garder, je fais comment ?

Clara a suspendu son geste. Elle sourit encore. C'est un sourire simple. Chris a baissé la tête, elle se mord les lèvres, toute saisie de trouble jusque dans son ventre.

Elle pose une main tremblante sur ce ventre dont elle ne voulait pas, elle relève la tête parce que Clara a dit une chose qu'elle répète maintenant en souriant. Alors elle hésite, il y a deux larmes comme des brillants au coin de ses yeux, et puis elle murmure, s'enroue, reprend un peu plus fort, un peu plus ferme, elle a dit oui, ses dents étaient serrées encore, et puis elle a dit je veux bien, elle tremble alors elle s'appuie à la table, les cheveux moussent en boucles courtes, le rond duveteux de la joue, les yeux pervenches, les seins plus ronds sous la laine : le printemps a vaincu et déploie enfin sa vie au profond de l'enfant mère.

Clara s'est approchée, elle l'a prise dans ses bras, a posé un baiser sur le front têtu, a bercé l'enfant, a murmuré des mots de femme à la femme, secret confié comme aurait dû le faire sa mère, ses mains fortes et tendres étreignent les épaules minces et puis les mains petites, et Chris, sans le savoir, se fait héritière de la vie. Elle ne le comprend pas. Elle sent seulement le sourire de Clara qui est à contre-jour, visage de nuit couronné de lumière, et la force qu'elle en reçoit. Elle vaincra, comme le printemps.

Un peu plus tard, elle est devant René parce que le oui ne suffit pas, il faut en débrouiller les moyens.
Il a posé sur Chris un regard attentif, et puis ils ont discuté. Fermement. René est exigeant. Droit. Chris s'est d'abord hérissée de défenses, puis elle a compris, elle a lâché ses armes en découvrant que cet homme lui proposait la liberté. Celle qui était en elle. Alors elle a répondu à l'exigence, elle a aimé cette rigueur parce qu'elle s'y reconnaît enfin, elle peut y puiser sa force tout autant qu'en la tendresse de Clara, et quand elle sort de la pièce, elle est rayonnante. Elle pourra loger ici, dans le studio, tant qu'il faudra. Elle pourra aussi faire ses études, il veillera à en débrouiller les moyens, autant qu'elle en aura véritablement besoin. Ensuite, à elle de faire sa part, de prouver qu'elle veut y arriver, de compter sur son travail et son intelligence, et d'accepter de bonne grâce l'aide quand elle est nécessaire. Et puis, il a ajouté avec beaucoup de douceur :
- Tu devrais prévenir tes parents et leur donner ton adresse.
Elle a dit oui avec un regard de biais. Ça fait partie de la droiture, elle le fera.

Clara a fini la vaisselle seule, et quand René est entré, elle lui a souri avec tendresse, elle a dit merci pour Chris. Il a ri, il a répondu : elle a trouvé son combat, elle y arrivera. Il a baissé les yeux, il murmure quelque chose qu'elle ne comprend pas, mais quand elle croise à nouveau son regard, elle peut y lire tout ensemble le soleil et la pluie, le temps écrit et la promesse renouvelée de son amour. Elle sourit encore, hésite, pose sur sa bouche un baiser léger comme un adieu. Il l'éloigne doucement, s'attarde un instant à la regarder, s'écarte enfin :

- Je vais au piano. Je n'ai pas envie de travailler. Tu me rejoins ?

- Oui. Tu sais où est Alain ?

- Je crois qu'il est monté. Il m'a dit qu'il partirait demain matin.

- Je ferai la même chose mardi, si tu veux de moi jusque-là.

- Jusque-là et au-delà, c'est sans question.

Il l'étudie, sourit un peu :

- J'aime que tu me déranges...

Elle ne répond pas tout de suite. Elle pose le grand vase pourpre au centre de la table, redresse les narcisses d'un geste arrondi, lève enfin les yeux vers lui, moqueuse :

- Je finis de ranger et je te rejoins.

Il a oublié la pluie au dedans de lui. Il s'est détourné en riant, a recueilli au passage une pomme oubliée, est sorti. Elle entend son pas sur les dalles, la porte de la bibliothèque s'ouvre en grinçant faiblement et ne se referme pas. Quelques notes, puis d'autres, Ravel s'est emparé du silence...

Le soleil peint le jardin de noir et d'or.

        A la nuit tombée, René jouait toujours avec la musique, plongé en elle comme en un puits vertigineux. Et quand enfin il a laissé retomber ses mains, ce fut pour dire qu'il les invitait au restaurant parce que c'était leur dernier soir, il ne voulait pas faire la cuisine. Alors ils ont ri, Clara s'est maquillée très peu, regard secret et bouche trop tendre, ils sont partis à pied dans la brume que le soir a fait naître, ils l'encadraient en marchant d'un même pas tranquille, émerveillés d'elle. Ils ont bu du bourgogne, ils ont mangé très peu, tout au plaisir de la regarder vivre, ils ont partagé leurs rires en pensant à Pierre, parce qu'elle a dit : arrêtez de me regarder. Ils ont dit oui. Ils étaient débordés de sa vie.
Quand ils sont rentrés, René a baisé sa joue en lui souhaitant une bonne nuit, Alain cherchait un livre, il lui a fait signe de loin, et un sourire amical auquel elle a répondu.
Il fait très doux, dehors, trop doux. Clara a laissé sa fenêtre ouverte. Le parfum de la terre rempli la pièce. Il bruine.

La nuit est tiède et moite. Il ne pleut plus, la lune est haute, elle touche la chambre basse d'ivoire et de bleu. Clara s'est réveillée, elle a soif. Elle hésite, finit par se lever, et, parce qu'elle est nue, enfile une chemise trop grande qui tombe presque jusqu'à ses genoux. Elle se glisse sans bruit vers la cuisine en évitant la troisième marche, celle qui craque. Elle n'allume pas.

Elle s'est servi à boire. Elle s'est appuyée au buffet, elle regarde par la fenêtre le bleu de la lune. Le parfum des narcisses habite la pénombre.

Un juron étouffé.

Alain est arrêté dans la porte. Il avait soif. Il sourit un peu : il semble que le bourgogne donne soif. Il contourne prudemment la table. Il se protège. Il évite de la regarder, maintenant. Elle est trop nue dans cette chemise, plus que si elle ne l'était vraiment.

Elle ne bouge pas. Elle n'ose pas. Elle le voit placer entre eux cette table énorme.

Il attrape un verre, le remplit, boit en lui tournant le dos. Elle le trouve beau, alors elle baisse les yeux. Elle devrait partir. Au lieu de cela, elle s'applique à finir son verre.

Ils ne bougent pas. Il s'est retourné vers elle. Il la regarde.

Le vent fait danser les ombres derrière la fenêtre. Elle a posé son verre sur le buffet, elle a levé les yeux vers lui. Elle respire doucement, il devine le mouvement de son souffle, elle devrait fermer mieux cette chemise. Il avance, en laissant la table derrière lui.

Il est tout proche. Il est grand. Elle ne le savait plus si grand, il lui suffirait de pencher la tête vers lui et elle rencontrerait son épaule, elle y reposerait son front. Elle l'a déjà fait.

Elle recule, c'est juste l'esquisse d'un recul, elle s'appuie davantage au buffet.

Il est grave. Il tend la main, il caresse ses cheveux, caresse sa bouche, clôt ses yeux trop beaux d'un geste tendre. Les larmes glissent sous ses paupières, fines et scintillantes. Il les essuie.

Elle sent qu'il referme la chemise plus haut, jusqu'au cou. Elle reçoit sa présence comme une invitation légère à se reposer sur lui, rien de plus. Elle ne bouge pas.

La nuit est moite et silencieuse.

Ils ne se touchent pas. Elle sent la chaleur de sa peau, tout près, il respire son parfum.

Enfin il prend son visage entre ses paumes, il effleure cette bouche trop tendre, il vient y boire un peu, si peu, retenu, il goûte les larmes fines sans savoir qu'il y mêle les siennes, elle les devine, elle pose sur lui une main fraîche mais elle rencontre sa peau, alors elle retire sa main parce que c'est trop tôt.

C'est un peu plus tard, au nu de la nuit. Il s'est agenouillé devant elle, il appuie son visage contre elle en froissant la chemise. Elle s'enroule autour de lui pour le protéger, ils n'ont entre eux que du silence.
Et quand enfin il se redresse parce qu'elle tremble, il la prend toute entière contre lui pour qu'elle n'ait plus froid, pour qu'elle en soit plus seule, il sait qu'il ne fera rien de plus, cette nuit, ici, est autre. Et cette certitude qu'il a de ses actes, il la reconnaît enfin, alors il se penche vers elle et se désaltère à sa bouche offerte, avec libre amour.

Il y a l'ordre des choses.

Achevé à Concots, en avril

L'AUTEUR

Franc-comtoise d'origine, Mireille Felix vit depuis l'enfance une profonde communion avec la nature. Écrivain et iconographe, elle explore au fil de ses écrits la beauté âpre et simple de la vie. Son premier roman, "Arie", a reçu le Prix Comtois du Livre en 1998. Elle vit actuellement dans le sud-ouest de la France.

Dépôt Légal : juin 2016
ISBN : 979-10-96331-11-6
© Felix Mireille 2016

www.ingramcontent.com/pod-product-compliance
Lightning Source LLC
Chambersburg PA
CBHW051825150726
47998CB00001B/288